콩그래츄 그래듀에이션

노크 | 02

정다이 소설

콩그래츄 그래듀에이션

차례

전야

태풍이 닥치기 전의 바다는 고요하다. 사람들은 모른다. 겉으로는 잔잔해 보이는 그 속이 사실 얼마나 복잡하게 뒤엉킨 채 꿈틀대고 있는지. 가끔 거울을 들여다볼 때, 나는 그 안에서 태풍 전야의 물거품을 느꼈다. 하얗게 부서지는 파도 안에서는 지독하리만치 검푸른 물결이 일렁였다.

나를 빤히 주시하고 있는 그 두 눈을 외면하지 않았던 건, 다행이었을까 불행이었을까.

정신을 차려 보니 언젠가부터 나는 망설임 없이 바다를 향해 걸음을 옮기고 있었다. 소용돌이를 만들어 내며 한없이 휘몰아치는 그 물결 속으로 나는 몸을 던졌다. 짭짤한 물기를 채 전부 느끼기도 전에 온몸이 심해 속으로 빨려 들어갔다. 그리고 숨을 멈춘 채 가장 멀고도 깊은 곳에 도달했을 때, 그곳에 웅크린 한 아이가 숨어 있었다.

손을 내밀자 고개를 들어 나를 보았다. 그 눈은 무척 익숙한 것이었다. 지독하게도 오랫동안 나를 주시해 왔던, 끊임없이 나에게 말을 걸던 그 눈동자. 더 이상 참을 수 없을 만큼 숨이 가빠 오자 그 아이의 손을 잡아끌어 함께 뭍으로 나가자 했다.

대답은 없었다. 그 순간 생각했다. 그렇다면 내가 할 수 있는 일은 하나뿐이겠구나.

나는 그렇게 너의 곁에 남기로 했다. 깊고 깊은 바다의 바닥에 웅크린 너의 옆에 나도 똑같은 모양으로 무릎을 끌어안고 눈을 감았다. 기도를 타고 바닷물이 폐로 흘러 들어왔다. 뭐라 이름 짓기에도 어려운 고통이 뒤따랐다. 하지만 그 모든 것을 받아들이기로 했다. 마치 그것이 처음부터 내게 주어진 운명이기나 했던 것처럼.

그제야 마음이 편안해졌다.

나는 고개를 숙인 채 숨죽여 울고 있는 너에게 손

을 뻗어 가느다란 손가락 사이로 내 손가락을 집어넣었다. 그리고 영원히 풀리지 않을 만큼 단단하게 옭아매었다.

다시는 너를 혼자 두지 않을게.

숨이 거의 바닥났다. 뒤늦은 약속을 건네고 나서야 거울 속, 나를 주시하던 그 눈이 비로소 편안히 감겼다.

동시에 고요하던 수면에 진동이 일며 태풍의 밤이 시작됐다. 짙푸르던 하늘이 점점 어두워진다. 이 먹빛 세상에 무엇이 감추어져 있을지 진실을 아는 이는,

오로지 단 한 사람뿐이다.

Life is surf

그곳은

대한민국,

강원도,

양양군,

현곡면,

용선리,

사람들이 몰리는 성수기였지만 그중에서도 눈에 띄게 한적한 해변가였다.

흙바람을 일으키며 버스가 떠나자 그 뒤에 가려져 있던 한 소년이 모습을 드러냈다. 기다란 팻말 하나와 붉은 벽돌로 지은 한 평 남짓의 공간이 전부인 간이 정류장. 소년은 그 앞에 서서 핸드폰을 들고 카메라를 켰다. 액정 안에 푸르른 하늘과 그보다 조금 더 짙푸른 바다가 눈이 시릴 만큼 선명하게 담긴다.

"드디어, 도착. 배경 오지고요."

찰칵, 찰칵, 찰칵.

연달아 들리는 셔터음과 함께 다양한 표정을 짓는 소년의 얼굴이 사진첩에 남겨진다. 고개를 치켜든 채 일부러 장난스럽게 얼굴을 구기며 한 장. 손가락으로 바다를 가리킨 채 시크한 표정으로 한 장. 마치 누가 찍어 준 듯한 각도로 폼을 잡은 채 한 장.

연달아 포즈를 바꿔 가며 사진을 찍던 소년이 한참이 흘러서야,

"샵, 혼여행. 샵, 양양. 샵, 청춘."

양쪽 엄지손가락으로 빠르게 뭔가를 써 내려가며 그것을 소리 내 읽는다.

"캬. 졀라 있어 보임."

마지막 단어의 입력과 함께 인스타그램에 게시글이 등록된다. 그것을 흐뭇하게 바라보던 소년이 만족스러운 듯 씩 웃고는 머리에 뚜껑처럼 덮였던 와치캡을 들썩이며 고쳐 썼다.

"강원도인데도 개덥네."

흰색 반팔을 레이어드해 입은 노란색 오버핏 티셔츠를 펄럭이며 소년이 주변을 두리번거린다. 눈썹 위로 올라가는 까만 앞머리, 바가지를 뒤집어쓴 듯 동그랗게 잘린 머리칼과 그 머리에 세트처럼 올라가 있는 모자의 셰이프가 소년을 제 나이보다 훨씬 더 어려 보이게 했다. 물 빠진 색상의 데님 반바지 밑으로는 나이키 에어조던과 나이키 로고가 선명하게 찍힌 하얀색 양말이 보였다. 좋아하는 것에 대해 취향이 확실해 보이는 소년이다.

기지개를 켜듯 반만 팔을 든 채 어깨를 쭉 펴고 있는데 그때 소년의 핸드폰에 연달아 알람 몇 개가 울렸다. 액정을 켜 보니 인스타그램 댓글 알림이었다.

— 한태우 쩐다. 바다 간 거임?

— 선물 사 와라.

— 미친 색히 표정 봐라ㅋㅋㅋㅋ

— 여자랑 감???

주르륵 달린 댓글과 연달아 올라가는 '좋아요' 수

를 바라보며 소년, 한태우가 피식 웃는다. 입꼬리가 올라가자 덧니가 보였다.

병신들. 부럽겠지. 양손으로 핸드폰을 쥔 채 액정을 바라보던 한태우가 이내 인스타그램 어플을 껐다. 곧바로 대댓글을 다는 건 없어 보이니까, 좀 이따 맘에 드는 몇 개에만 남기기로 하자. 생각하며 태우는 시선을 옮겨 먼바다를 바라보기 시작했다.

'양양, 존나 멀다. 이렇게 존나 먼 곳에 드디어 내가 온 거네.'

핸드폰을 바라보지 않는 얼굴에는 금세 웃음기가 사라졌다.

'현곡면, 용선리, 38-9번지.'

서울에서 양양, 그것도 이곳 용선리에 올 때까지 지하철과 버스를 몇 번이나 갈아타는 내내 끊임없이 되뇌었던 주소다.

한태우는 서브로 계속 켜두었던 구글맵을 다시 액정에 띄웠다. 목적지는 이 바로 근처였다. 구글맵이 알려 주는 대로 액정 안에 뜬 굵직한 선을 따라 걸으니 300여 미터 남아 있던 목적지까지의 거리가 점점 줄어들기 시작한다.

머리 위로 한여름 오후의 뜨거운 햇빛이 쏟아졌다. 하필이면 챙도 없는 와치캡이라 한태우의 뺨에 난 여드름에 그대로 직사광선이 와 닿았다.

"이런 데에 대체 뭐가 있다는 거야. 에바 쩐다, 진짜."

태우의 혼잣말마따나 정류장에서 목적지를 따라 갈수록 주변이 점점 더 휑해진다. 저 멀리 철썩이는 파도 소리, 기다랗게 줄지어 서 있는 해송만이 인상적인 풍경일 뿐이었다. '설마 없는 주소 아니야?'와 같은 상상에까지 생각이 뻗쳤을 때, 마침 구글맵 정보 상 100미터 앞에 목적지가 있다는 안내가 떴다. 이제 오른쪽으로 꺾기만 하면 목적지였다.

한태우의 눈앞에 펼쳐진 것은 제법 그럴싸해 보이는 2층짜리 아담한 주택이었다. 낡았지만 꽤 근사한 이 2층 주택의 정면에는 'LIFE IS SURF' 라는 나무 간판이 걸려 있었다.

세로로 놓인 보드 모양의 목재에 빨간색 물감으로 거칠게 써 내려간 글씨체가 매력적 이었으나 오랫동안 사람의 손길이 닿지 않았던 듯 나무판자의 끄트머리는 비바람의 영향으로 날카롭게 깎여 있었고, 각도

조차 어쩐지 삐뚜름하게 기울어져 있었다.

간판에 쓰여 있는 말처럼 과거에 서핑샵으로 운영됐던 것을 증명이라도 하듯 마당 안으로 들어서자 곳곳에 방치된 서핑 보드 대여섯 개가 세워져 있었다. 그 사이사이 기다란 거미줄이 늘어져 있고, 손톱만 한 거미 한 마리가 정성스레 지은 자신의 집을 여유롭게 거닐고 있었다.

한태우는 무릎께까지 자란 빼곡한 잡초를 스쳐 지나 건물 앞으로 걸어갔다. 연한 데님 반바지 밑으로 드러난 맨살에 스치는 풀의 느낌이 간지러운지, 아니면 벌레라도 붙을까 무서웠던 건지 그 짧은 찰나에도 몇 번이나 요란스럽게 다리를 문지르며 손으로 털었다.

나무 간판이 달려 있는 곳을 대문이라 치자면, 그 곳을 중심으로 정강이 정도까지 오는 낮은 벽돌 울타리가 둥그렇게 빙 둘러 있었다. 그리고 앞쪽 중앙에는 태우가 가로질러 온 마당, 그 마당에는 캠프파이어 용도로 쓰였을 법한 자리와 오른쪽으론 켜켜이 흙먼지가 낀, 비어 있는 자쿠지가 놓여 있었다.

'이런 데에서도 한번 놀아 줘야 간진데. 쯧.'

양양이 서핑으로 유명해지기 시작하며 한태우는

언젠가 한 번쯤 이곳에서 끝내주는 여름을 보내고 싶다고 생각했다. 찬란한 바다의 물결과 그 위를 날렵하게 미끄러지는 서핑보드, 그리고 그것을 지배하는 나! 한태우의 상상에서 그 자신은 인기 웹툰 속에서나 존재하는 간지남의 모습을 하고 있었다.

하지만 현실은 그와 정반대였다. 소녀들의 환호를 받으며 멋지게 서핑하는 자신의 모습과 달리, 지금 한태우는 고독하게 뚜벅뚜벅 폐가를 가로질러 걷고 있을 뿐이다.

정원이었을 그곳을 지나 건물 앞에 도착한 한태우는 자신이 걸어온 길을 찬찬히 감상하듯 바라보다 이내 메고 있던 백팩에서 뭔가를 꺼냈다. 플라스틱 재질처럼 빤딱이는 싸구려 모양의 빈티지 캠코더였다.

"알리 익스프레스 득템! 갖고 온 건 또 써먹어 줘야지."

캠코더를 한쪽 손에 낀 태우가 전원을 켜고 제대로 작동하는 것을 확인한 후, 모니터 화면을 빙글 돌려 셀카 모드로 변환했다. 그리고 목을 가다듬으면서 나름 시크한 표정으로 코를 찡긋하며 인사를 날렸다.

"요, 귀곡산장 입성쓰."

태연한 척 찍고 있었지만 움직이며 흔들리는 영상만큼이나 묘하게 음성이 떨렸다. 셀카 모드였던 화면을 다시 원래대로 바꾼 채 한태우가 현관문의 키패드를 찾는다.

"어디 보자, 비번이……."

삑삑— 키패드에 대고 비밀번호를 누르자 생각보다 쉽게 문이 열렸다. 주소와 마찬가지로 이곳에 오는 내내 메시지에 적혀 있던 비밀번호를 어찌나 많이 들여다봤던지 가능한 일이었다.

한태우가 든 캠코더 화면 안으로 끼익— 하고 문이 열리는 소리와 모습이 들리고 보인다. 그리고 이내 실내의 풍경 또한 고스란히 담기기 시작했다.

내부로 들어서자마자 한태우는 자기도 모르게 손가락으로 코끝을 비볐다. 비어 있던 곳 특유의 퀴퀴한 냄새가 났다. 전체적으로 깔끔하게 정돈된 느낌을 주기는 했지만 역시나 사람의 온기가 닿지 않은 곳 특유의 휑한 분위기는 어쩔 수가 없다.

드라마에서 가끔 나오는 전형적인 주택의 1층 공간. 한태우는 현관문을 등지고 서서 오른쪽에서 왼쪽으로 천천히 그 모든 것을 카메라에 담기 시작했다.

"무서운 거 있나 보자."

현관문을 중심으로 중앙에는 널찍한 디귿 자 소파와 발을 뻗어 얹을 수 있을 만큼 높이의 커다란 테이블이 놓여 있었다. 딱 봐도 거실의 모양새다. 테이블 밑에는 호피 무늬의 커다랗고 두툼한 러그가 깔려 있었다. 한태우는 바닥에 납작 엎드린 채 테이블 밑을 살폈다. 그것도 모자라 캠코더를 들지 않은 손으로는 뭐가 있나 없나 살펴보려는 듯 휙휙 세게 휘저어 보기까지 했다. 덕분에 한태우의 캠코더가 흔들리며 꽤나 어지러운 장면이 찍혔다.

오른쪽 벽면에는 벽걸이용 TV와 오래돼 보이는 괘종시계, 벽난로가 놓여 있었는데 실제로 사용되기도 했던 듯 벽난로 안에는 검은 재가 수북하게 쌓여 있었다. 그 모습까지 꼼꼼하게 살펴본 한태우가 이번엔 왼쪽으로 고개를 돌렸다.

거실 왼쪽 벽면은 오른쪽의 그것과 느낌이 확연히 달랐다. 서퍼들의 활기찬 모습이 담긴 포스터가 빼곡하게 들어차 있고, 알록달록한 색을 가진 스티커들이 불규칙한 모양으로 붙어 있었다. 한눈에 봐도 수많은 젊은이들이 오갔던 곳이라는 티가 났다. 포스터가 붙은 벽면 쪽에는 서핑 보드 진열대가 놓여 있었다. 마당에서 본 것보다 훨씬 개수와 종류가 많았다.

그 옆으로는 마치 시간이 멈춰 버린 듯 커다란 대형 빨랫대에 쌓여 있는 고무 수트들.

왼쪽 벽면을 타고 뒤로는 공간이 좀 더 넓게 뻗어 있었다.

주방으로 향하는 일종의 복도 같은 공간이었는데, 막대 축구 게임, 다트와 같은 간단한 게임기들이 놓여 있었다. 축구 게임용 막대기를 일없이 석석 움직이면서 주변을 두리번거리던 한태우가 이내 다트판을 두드리며 핀을 찾았다. '뭐야, 판밖에 없어?' 불만스럽게 볼이 튀어나왔다. 하지만 이내 다른 흥밋거리를 찾았는지 한태우의 눈이 다른 쪽을 향해 반짝였다. 놀이 공간 뒤로 펼쳐진 커다란 주방. 형태는 일반 가정집의 그것처럼 보였지만, 그 안에는 여러 명이 족히 함께 쓰고도 남을 식당용 냉장고와 대형 싱크대가 놓여 있었다.

'넷플릭스에서 보면 저런 데에 꼭 시체 들어가 있던데.'

떨리는 손길로 한태우가 툭, 냉장고의 손잡이를

건드려 보았다. 그러자 위잉 소리를 내며 전기음이 들렸다.

"와씨, 나 지금 냉장고에 전기 흘려보낸 거임? 나 해리 포터임?"

화들짝 놀라며 한걸음 뒤로 물러서는 바람에 한태우가 들고 있던 캠코더의 화면이 탁 소리를 내며 위로 잠깐 튕겨졌다 다시 제자리를 찾았다.

'설마 진짜 시체가 있지는 않겠지.'

한태우는 어깨를 움츠린 채 헛기침을 하며 조심스럽게 냉장고 문을 연다.

"나이스."

살짝 열린 틈으로 냉장고 안을 확인한 한태우가 활기찬 목소리와 함께 문을 열어젖혔다. 그 안에는 새 음료수 몇 병과 나란히 진열된 캔들이 놓여 있었다. 그렇지 않아도 땡볕에 걸어서인지 목이 탔던 차인데 잘됐다, 생각하며 한태우는 스타벅스 로고가 쓰인 커피병을 들어 뚜껑을 땄다.

적당히 목을 축인 후 다시 거실로 돌아온 한태우는 카메라를 소파 왼쪽 가장자리에 둔 채 주머니에 손을 넣고 이 공간을 다시 한번 휘 둘러보았다. 소파 뒤로는 나무 계단이 하나 나 있었다. 2층으로 향하는 계단처럼 보였는데, 밝게 불이 켜진 1층과 달리 유독 어두운 기운이 느껴져서였을까? 어쩐 일인지 거기까지는 발길이 옮겨지지 않는다. 괜스레 쎄한 공포감이 등골을 오싹하게 만들었다.

"저긴 이따 보기로 하고 빨리 '그거'나 찾자."

멍청하게 2층으로 향하는 계단을 올려다보던 한태우가 고개를 빠르게 흔들더니 이내 주문 외듯 큰 소리로 외치며 심호흡을 한번 했다. 그리고 두리번거리면서 뭔가를 찾기 시작했다. 그의 크고 작은 움직임이 빠짐없이 소파 위 캠코더에 담겼다.

데님 반바지 뒷주머니에 넣어뒀던 핸드폰을 꺼내 뭔가를 다시 한번 확인한 한태우는 'USB……'라고 중얼거리며 벽걸이 TV 밑 장식장 앞에 쭈그리고 앉았다. 그리고 장식장에 달린 서랍을 하나씩 열어 보기 시작했다.

삑삑— 경고음이 들려온 것은 그때였다. 천천히, 긴 텀을 두고 작게 들려오던 그 소리는 이내 미세하게 속도를 높이며 한태우의 귀를 불편하게 했다.

"아이씨, 뭐야."

무시하고 싶었지만 한번 들리기 시작하자 계속해서 집중력을 빼앗았다. 결국 한태우는 이 소리가 어디서 나는 건지 정체를 알기 위해 장식장 서랍을 뒤지던 몸을 일으켰다.

“젤라 시끄럽네.”

와치캡을 쓴 채로 머리를 벅벅 긁으며 한태우가 허공을 향해 들으란 듯 외쳤다. 그의 신경질적인 목소리가 베트남산 쌀알만큼이나 가볍고 가늘게 공기 중을 갈랐다. 도무지 어디서 나는 건지 정체를 알 수 없었던 그 소리는, 청각을 곤두세운 채 집 안을 헤집고 다니다 보니 더 가까이 느껴지기 시작했다.

삑삑삑삑삑—

점차 빨라지고, 커지던 소리는 이제 누가 듣더라도 눈치챌 수 있을 만큼 귀에 거슬리게 울려 대고 있었다. 불안하게 울려 대는 소리만큼 한태우의 심장도 덜그럭대며 빠르게 요동쳤다. 지끈거리는 관자놀이를 꾹 누른 채 눈을 감고, 얼마 없는 집중력을 끌어모은다. 그러기를 3초 정도 흘렀을까, 어느 쪽에서 나고 있는 소리인지 대충 감이 잡혔다.

‘설마 여기?’

한태우의 미간이 구겨졌다. 그리고 눈을 뜬 채 어딘가를 바라본다. 찾았다. 소리의 근원지. 걸음이 멈춰 선 곳은 거실의 오른쪽 벽면, 기다랗고 웅장한 붙박이 괘종시계 앞이었다. 괘종시계의 앞면을 향해 가는 한태우의 손길에 떨림이 묻어 있었다. 그는 약간의 망설임 끝에 괘종시계의 앞을 조심스럽게 만져 보았다. 딱히 손잡이가 없는 걸로 봐서는 열리지 않을 것처럼 생겼다. 하지만 의심은 점점 확신으로 변해 가고 있었다. 이 안에서 소리가 나는 게 분명해!

한참을 더듬다 무심코 잠시 힘을 줬는데, 딸깍, 하며 뭔가 눌리는 소리가 났다. 그리고 거의 동시에 굳게 닫혀 있던 괘종시계의 앞면이 마치 문처럼 열렸다.

작게 입을 벌린 괘종시계의 문을 잡고 조심스럽게 열자 끼익, 하는 작은 소음이 이어졌다. 괘종시계의 안을 들여다본 적이 있었나? 그 순간 한태우는 생각한다. 아니, 생각해 보면 괘종시계 자체를 실물로 본 적이 어쩌면 처음일지도 모른다. 그런 잡념들에 휩싸여 있을 때, 텅 빈 괘종시계 안쪽에서 빨간 불빛을 발견하고 곧 알아챘다. 저것에서 소리가 나고 있었구나.

손을 뻗어 빨간 불빛이 묻어나는 물체를 집어 드

니 한 손에 들어올 만한 크기라는 것이 느껴졌다. 한태우는 이내 그것을 괘종시계 안쪽으로부터 바깥으로 꺼냈다. 그리고 다시 문을 닫았다.

'이게 대체 뭐야.'

손바닥 위에는 이름이 적혀진 명찰이 올라 있었다. 교복을 입을 때 가슴 왼쪽에 차는 그것. 뭔가가 부착된 듯 삑삑 소리를 내며 빨간 불빛을 내뿜고 있는 그것을 내려다보다 명찰 뒷면에 불룩 튀어나와 있는 버튼 비슷한 것을 눌러 보았다. 그러자 불빛과 소리가 순식간에 사라졌다.

그런데 이상한 점이 있었다.

'하나가 아니라, 네 개?'

한태우는 테이블 위에 그것들을 흩뿌려 놓고 소파에 앉는다.

라명훈

한태우

강재진

송준서

무릎에 팔꿈치를 대고 심각하게 그것을 내려다보고 있는데,

"누가 있는데?"

문 쪽으로부터 후덥지근한 바람이 불어왔다. 당황한 한태우가 어, 하며 멍청한 얼굴을 하고 있을 때에는 이미 열린 현관문 사이로 두 사람이 걸어 들어오고 있었다.

"너 뭐야."

그리고 낯선 둘 역시 떡하니 거실 중앙에 앉아 있는 한태우를 보고 달갑지 않은 얼굴을 보였다.

"아, 저기. 혹시 집주인이세요?"

짙게 쌍꺼풀 진 눈을 두어 번 꿈뻑거리던 한태우가, 이제야 자신이 빈집에 혼자 들어와 있었다는 걸 인지했는지 몇 초가 흐른 후에야 어색하게 웃으며 물었다. 그 미소에는 상냥함을 빙자한 약간의 비굴함이 담겨 있었다.

"뭔 소리야."

그런 한태우를 한번 쳐다보다 곧바로 무시하며 뚜벅뚜벅 소파로 걸어오는 한 소년. 한여름임에도 긴팔 셔츠에 긴 바지를 입고 있었다. 한태우와 비슷할 정도

의 아담한 키에 뾰족한 느낌을 주는 마른 몸. 덥지도 않은지 하얗고 말간 얼굴에는 땀 한 방울 묻어 있지 않았다. 목 끝까지 잠근 셔츠 단추를 매만지며 소년이 신경질적으로 주변을 두리번거렸다. 코끝에 걸쳐진 금색 안경테를 밀어 올리자 그 예민함이 배가 되어 보였다. 소년은 짜증 어린 손길로 잘 다듬어진 밤색 머리칼을 매만졌다.

"너냐? 여기까지 나 똥개 훈련 시킨 게?"

한태우가 정체 모를 소년에게서 시선을 떼지 못하고 있을 때, 그때까지는 미처 신경 쓰지 못했던 또 다른 소년이 불쑥 한태우에게 다가오더니 다짜고짜 멱살을 잡았다.

켁, 급습에 한태우의 노란색 티셔츠가 말려 올라가 목을 졸랐다. "아, 놓고. 켁. 놓고 말하라고, 요." 그 와중에도 상대의 힘과 덩치를 스캔했는지 한태우가 급하게 숨을 고르며 말끝에 '요'라고 존대를 붙였다. 살아남기 위한 그만의 방식이었다.

한태우의 목을 조르는 소년은 한 뼘 정도 더 키가 컸다. 그의 검은색 반팔 티셔츠 가슴팍에는 빨간색으로 해골무늬가 그려져 있고 그 밑으로 청바지 허리춤에는 묵직해 보이는 은색 체인이 주렁주렁 매달려 있었다. 누가 보면 록스타 지망생이라고 오해할 만한 차림이다. 그의 생김새 중 한 가지 특징이 더 있다면, 머리칼이 유독 길다는 것이었다. 목을 덮고도 남을 만큼 단발머리에 가까운 헤어, 그리고 뒤덮인 머리칼 중 한 부분이 유달리 불룩했다.

"씨발, 그 거지 같은 DM 보낸 게 너냐고."

멱살을 잡은 소년의 손등에 핏줄이 섰다. 그만큼 한태우의 얼굴이 새하얗게 질려 갔다. "아, 켁. 아니라고, 케엑, 나 아니라고요." 들릴 둥 말 둥한 목소리로 겨우 대답하자 그제야 휙, 거칠게 멱살이 풀렸다. 참았던 숨을 요란하게 몰아쉬며 한태우가 토할 듯 비틀대었다. 그 모습을 보고 이제 막 길게 뻗은 소파에 엉덩이를 붙이고 앉으려던 긴팔 셔츠 소년이 비위가 상한다는 듯 고개를 돌리며 쯧, 하는 소리를 냈다.

"그럼 넌 뭔데 여깄어."

허리를 굽혀 무릎을 짚은 채 헥헥대는 한태우의 정수리 위에 방금까지 멱살을 잡고 흔들던 키 큰 소년의 목소리가 꽂혔다. 낮고도 습한 목소리다. 꼭 물안개 같은. 한태우는 고개를 숙이고 잠시 계산에 빠졌다. 이

대로 확 들이받아 버려? 순간 그 생각이 들지 않은 건 아니었지만 눈앞에 빤히 보이는 발 크기가 자신보다 훨씬 컸다. 씨발, 좆됐네. 한태우는 속으로 중얼거렸다. 그리고 의식적으로 켁켁 몇 번 더 숨을 고른 후에야 고개를 들었다. 약간의 동정심을 유발하기 위해 보란 듯이 목을 매만지는 것도 잊지 않았다.

"그니까, 그쪽도 DM…… 받고 온 거?"

DM 받고 오신 건가요?, DM 받고 왔어요? 짧은 찰나 동안 뭐라고 물어볼지 여러 개의 보기가 머리를 스치고 지나갔지만 그래도 마지막 자존심은 남았는지 한태우가 말끝을 흐리며 반말인 듯 아닌 듯 질문을 던졌다. 키 큰 소년은 그런 한태우의 의중 따위는 관심도 없다는 듯 미간을 좁힌 채 한태우가 던진 말의 어떠한 부분에 꽂혀 그것을 곱씹고 있는 중이었다.

"그쪽도?"

"예에, 그쪽도."

키 큰 소년이 집중하고 있는 틈을 타 한태우가 슬쩍 한걸음 뒤로 물러서며 건성으로 고개를 끄덕였다.

"여기 있는 이건 뭐야?"

예민한 목소리가 귀에 꽂힌 건 그때였다. 셔츠 소

년의 말에 키 큰 소년의 눈썹이 한 칸 위로 올라갔다. 질문과 동시에 한태우가 테이블에 흩뿌려 놓았던 명찰을 황급히 모아 자신의 손아귀에 움켜쥐었다. 두 소년은 가는 눈을 뜨고 한태우의 행동을 주시하고 있었다. 홱, 바람 소리를 내며 몸이 거칠게 뒤로 돌아간 건 순식간의 일이었다. 한태우의 어깨를 꽉 움켜쥔 키 큰 소년의 손아귀 힘이 꽤나 세서 그의 얼굴이 자동적으로 일그러졌다.

"이름표?"

한태우의 손에서 떨어진 것을 주워 든 건 셔츠 소년이었다. 명찰을 하나하나 넘겨보던 셔츠 소년이 키 큰 소년을 바라보았다. 둘 사이에 짧게 시선이 오갔다.

"이 중에 네 이름도 있어?"

다급하게 묻는 셔츠 소년의 말에 한태우가 고개를 끄덕였다. 그러곤 누가 시키지도 않았는데 턱 끝으로 '한태우'라고 적힌 명찰을 가리켰다.

"…… 그러면 너도 진짜 메시지 받고 온 거란 거야? 여기?"

매끄럽고 투명한 안경알 너머로 매서운 셔츠 소년의 눈이 빛났다. 한태우는 그 순간 자신이 꼭 취조실에 갇혀 형사에게 질문을 받고 있는 것 같다고 생각했다. 끄덕끄덕, 재빠르게 고개를 움직이며 한태우는 속으로 말한다. 그렇다고 몇 번을 얘기해.

"보여 줘."

적막 속에 셔츠 소년의 목소리가 단호하게 울려 퍼졌다.

거짓말한 것도 아닌데 셔츠 소년의 표정과 음성이 어찌나 진지한 데다 무섭기까지 했는지 한태우의 입가가 자기도 모르게 씰룩대었다. 마른침을 한번 삼킨 한태우가 여기, 하며 뒷주머니에 넣어 둔 핸드폰을 꺼내 셔츠 소년에게 건넸다. 아니, 건네려던 그 순간 허공 위에서 손이 우뚝 멈춰선다. 한태우는 빠르게 다시 핸드폰을 자신 쪽으로 거둬들였다.

"뭐야. 왜 안 보여 줘?"

"내가 보여 주면, 넌 뭐 해 줄 건데?"

"뭐라고?"

당연히 자신의 손으로 한태우의 핸드폰이 넘어올 거라는 확신에 차 있던 셔츠 소년의 미간이 정직하게 구겨졌다. 여드름 한 알 나지 않은 깨끗하고 투명한 피부에 새겨진 미간이 꼭 조각 같았다.

"아니, 그렇잖아. 생각해 봐. 지금 나만 일방적으로 요구당하고 있는 거 같지 않음?"

키 큰 소년은 대하기가 다소 어려웠지만 셔츠 소년 정도는 해 볼 만하다고 한태우는 생각했다. 턱을 조금 치켜든 채 팔짱을 끼고 얘기하자 셔츠 소년이 한태우의 말이 끝나기도 전에 황당하다는 듯 코웃음을 치며 손가락으로 관자놀이를 꾹 눌렀다.

"네가 지금 그걸 안 보여 주면, 박현주 계정 해킹해서 우리한테 DM 보낸 거, 그래서 우리를 여기까지 부른 게 너라고 생각할 수밖에 없어. 그래도 된다 이거지? 대답 잘 해. 나 지금 그 DM 보낸 새끼 만나기만 하면 죽여 버릴 생각으로 여기 온 거니까."

코웃음을 그친 셔츠 소년의 눈길이 매섭다 못해 시렸다. 내용은 거칠었지만 담담함에 가까운 냉정한 말투. 한태우는 순간 목덜미가 서늘해지는 기분을 느꼈다. 그래서였을까, 괜스레 코너에 밀리는 것 같아 더 과장된 목소리를 냈던 건.

"아, 어이 털려. 절라 황당하네. 아니라고 했잖아. 내가! 난 오히려 받은 사람이라고."

"증거가 없잖아."

"있다니까? 내 쪽지함에?"

"그럼 보여 달라니까? 안 보여 주니까 의심하는 거 아니야 지금."

셔츠 소년의 마지막 말에 한태우가 끙, 소리를 내며 뒤로 한 발 물러섰다. 그마저도 뒤에 버티고 서 있던 키 큰 소년 때문에 비틀거리며 더 이상은 도망칠 수도 없었지만. 키 큰 소년의 어깨에 부딪힌 뒤통수를 만지작대며 한태우가 곤란한 얼굴로 콧김을 뿜었다.

진태양난이군. 한 글자가 틀렸는지도 모르는 채, 한태우는 어디선가 주워들었던 사자성어를 떠올리며 잠깐 동안 고민에 빠졌다. 셔츠 소년 정도는 해 볼 만하다고 생각했건만 나불대는 입을 보자니 어쩐지 자신이 없어졌다. 입으로 먹고사는 건 나뿐만이 아니었던가, 한태우는 약간의 좌절감을 맛본 채 앞뒤로 버티고 서 있는 두 소년의 눈치를 살피며 결국 다시 인스타그램 어플을 켰다.

"자, 이제 됐지?"

한태우의 아이폰이 셔츠 소년의 손으로 넘어가자 한태우의 뒤에 버티고 서 있던 키 큰 소년이 셔츠 소년의 옆으로 다가가 등을 굽힌 채 함께 핸드폰을 바라보왔다.

“……한태우. 너의 비밀이 담긴 USB가 숨겨져 있다. 8월 1일 오후 5시, 양양군 현곡면 용선리 38-9번지.”

메시지를 읽어 내려가는 키 큰 소년의 목소리는 여전히 습했다. 그 안에서 바다의 짠 습기가 그대로 전해질 정도였다. 키 큰 소년이 한태우에게 왔던 DM을 읽는 사이, 셔츠 소년의 구겨졌던 미간이 서서히 제자리를 찾았다. 그리고 내용을 알 수 없는 무표정으로 변해 갔다.

“자, 이제 보여 줘. 너희도.”

“…….”

“나도 똑같은 입장인 거 알지? 너희가 그 미친 DM을 보낸 또라이들인지 아닌지 알 게 뭐야. 너흴 믿으려면 나한테도 껀덕지가 있어야 하는 거 아니냐?”

자신의 결백을 증명한 것이 떳떳한 듯 한태우가 팔짱을 낀 채 셔츠 소년과 키 큰 소년을 번갈아 바라보았다. 어떻게 할까, 그 순간 키 큰 소년이 고개를 살짝 숙인 채 셔츠 소년의 귀에 대고 속삭였다. 그 목소리에 셔츠 소년의 무표정에 미세한 짜증이 스쳤다.

“그걸 왜 나한테 물어봐.”

그리고 셔츠 소년은 마치 한 팀처럼 덩어리로 뭉쳐 있던 무리에서 한 걸음 멀어지며, 독립을 선언하듯 자신의 영역을 새로이 차지한 채 키 큰 소년을 바라보았다. 그러고 나서는 명령하는 투로 얘기했다.

"네 거 보여 줘."

"내 거?"

"그래, 네 거. 그리고 네가 증명해 주면 되겠네. 나한테 온 DM. 너는 봤으니까."

예상치 못한 상황인지 키 큰 소년이 일순 얼빠진 표정을 지었다. 잠깐의 생각 후, 그는 자신의 핸드폰으로 어플을 켜더니 한태우에게 내밀었다. 그리고 한태우가 키 큰 소년의 핸드폰을 빤히 들여다보기를 몇 초, 이내 휙 다시 빼앗아 갔다.

"다 봤으면 내놔."

"이름이, 강재진이야?"

순순히 핸드폰을 내놓은 한태우가 팔짱을 낀 채 뭔가를 생각하는 듯 키 큰 소년을 바라보았다. 한태우의 DM 멘트 도입부에 적혀 있던 것처럼, 키 큰 소년의 메시지에도 '강재진'이라는 호칭으로부터 쪽지가 시작되었다. 그 뒤에 담긴 내용은 모두 동일했다.

한태우의 질문에 묵묵히 핸드폰을 찢어진 청바지 주머니에 구겨 넣던 키 큰 소년 옆에서 셔츠 소년이 빠르게 고개를 저었다. 대답하지 말라는 의미다. 하지만 애석하게도 키 큰 소년이 조금 빨랐다.

그가 어, 하는 소리와 함께 위아래로 고개를 주억였다. 그리고 낮은 목소리로 덧붙였다.

"얘는 송준서."

키 큰 소년, 강재진의 설명에 셔츠 소년, 송준서가 신경질적으로 강재진의 어깨를 밀었다.

"네가 뭔데 대답을 해?"

날카롭게 쏘아붙인 목소리 끝이 살짝 흔들린다. 덩치가 훨씬 더 큼에도 송준서가 미는 힘에 꿈쩍도 하지 않을 것 같던 강재진이 비틀대며 그대로 밀려났다. 그러고서 당황한 듯 입술을 들썩였지만 그러기만 할 뿐 받아치지는 못했다.

강재진, 송준서.

두 사람의 이름을 입안에서 굴려 보던 한태우는 괘종시계 안에서 자신이 발견했던 명찰 네 개를 떠올려 보았다. 자신의 것을 포함해 총 네 개. 그중 셋은 모두 똑같은 DM을 받았다. 그것도 이미 죽고 없는 박현주로부터.

"박현주 계정에 3일 전에 올라온 그 피드, 너희하고도 관련 있지?"

비굴하게 말끝을 흐리며 애매한 존대를 붙이던 한태우가 두 사람의 정체를 알게 된 순간부터 자연스레 말을 놓았다. 정체가 자신과 같다는 걸 확인한 그 순간 말투에 묘하게 비아냥 비슷한 것까지 묻어 나왔다. 그런 그가 못마땅한지 강재진을 노려보던 시선을 거둬 송준서가 매섭게 한태우를 바라보았다.

"대답할 의무. 없어."

그러고 나서 휙 고개를 돌려 한태우가 그랬던 것처럼 거실 안을 샅샅이 뒤지기 시작했다. 송준서의 지문 하나 묻지 않은 투명한 안경알이 반짝, 차갑게 빛났다. 그런 송준서를 물끄러미 바라보던 강재진도 한 박자 늦게 집 안을 살펴보았다.

한태우는 어느새 거실 소파의 정중앙에 아빠다리를 하고 앉아 있는 채였다. 그의 손에는 핸드폰이 들려 있고, 시선은 인스타그램 어플 화면에 고정돼 있었다. 검지 손톱으로 이마의 여드름을 긁자 알싸한 아픔이 느껴지고 손끝에 피가 묻어났다. 한태우는 그것을 데님 반바지에 슥슥 닦아 내며 송준서를 돌아보았다. 송준서는 이제 막 오른쪽 벽면에서, 서퍼 포스터가 붙여진 왼쪽으로 걸음을 옮기려던 차였다.

"그래서, 열등감이야, 스토커야, 데칼코마니야?"

순식간에 싸늘하리만치 소름 끼치는 적막이 찾아들었다. 동시에 윙— 냉장고 돌아가는 소리가 유달리 크게 들려왔다.

송준서의 몸은 얼어 버리기나 한 것처럼 그 자리에 멈춰 선 채였다. 차갑게 굳은 송준서와 강재진의 표정을 바라보며 한태우는 엄지손가락으로 스크롤을 움직여 얼마 전 박현주의 계정에 새로 올라온 피드 쪽으로 고정시켰다.

최근 업데이트된 총 네 개의 새로운 게시글 밑에는 선명하게 7월 29일이라는 날짜가 박혀 있었다. 오늘이 8월 1일, 정확히 3일 전에 올라온 게시글이란 뜻이다.

그 내용은 다음과 같았다.

01. 돈으로 답안지까지 산 기분이 어때? 그날, 교실에서 벌어진 그 일이 사고가 아닌 사건인 게 알려지면 어떻게 될까? 넌

영원히 날 못 이겨. # 열등감

02. 기록은 자신의 치부 또한 영원히 박제하는 방법이란 걸, 그 멍청이는 모르고 있겠지. 난 너의 약점을 알고 있다. 하나도 빠짐없이. # 아르바이트

03. 한 사람을 동여매다 보면 결국 목이 졸리는 법. 이 글을 보고 있는 누군가가 나를 박살 내려 한다. 어쩌면 내가 죽고 없는 지금까지도. # 스토커

04. 우린 하나였지만 완벽하게 깨졌어. 그 조각이 너무 날카로워 나도 널 향해 칼을 든다. 난 이제 널 완전히 버렸어. 네가 내게 그랬던 것처럼. # 데칼코마니

이미 망자가 된 박현주의 계정에 순서대로 올라온 글들. 한태우는 지금 자신이 봐도 자신을 가리키는 것이라 생각되는 02 아르바이트를 제외한 01 열등감, 03 스토커, 04 데칼코마니의 주인공이 송준서 또는 강재진이라고 짐작했다.

인스타그램 계정의 주인. 박현주가 사망한 지 어느덧 한 달이라는 시간이 흘렀다. 엊그제 갑작스레 새 게시글만 올라오지 않았다면, 박현주의 마지막 피드는 6월 29일이라는 시간 속에 영원히 묶여 있었을 터였다.

인간의 가치

— 한태우

박현주. 그 이름을 혀끝으로 굴리며 지금은 죽고 없는 그 애를 떠올려 본다. 우리가 처음 만난 건, 봄 무렵이었다. 그 전까지만 해도 걔와 내 사이의 쌍방 연결고리는 전혀 없었다. 계기가 된 건 아르바이트 공고를 내면서부터였다.

— 사진 모델 알바요? 그거 일반인 여자애들은 잘 안 하려고 할 텐데.

내가 새끼 실장으로 주말마다 일하는 불법 성매매 업소, 소위 키스방이라 불리는 곳의 사장이 나에게 홍보물을 위한 아르바이트 공고를 부탁했다. 가능하면 최대한 일반인스럽게, 이쪽 일 안 할 것 같은 이미지를 원한다는 말까지 덧붙였다. 자기가 똥통에서 일하면서 똥된장 구분을 하고 앉아 있네, 내면의 소리가 끓어올랐지만 당연히 입 밖으로는 내뱉지 않았다.

알바트리, 알바지옥, 알바텐션 등 다양한 아르바이트 채용 사이트에 그럴싸한 공고를 지어서 올리고 나니 생각보다 꽤 지원자가 많았다. 불법 성매매 업소의 홍보 사진용 모델이라는 말을 쏙 빼고, 쇼핑몰 피팅 모델 알바라고 속인 탓인지 연예인 지망생도 종종 지원자 중에 보였다. 양심에 찔리지 않았느냐, 누군가가 묻는다면, 글쎄, 왜 양심에 찔려야 하느냐고 오히려 되묻고 싶은 심정이었다.

— 눈치 못 채게 그냥 쇼핑몰 사진처럼 대충 버무리면 돼.

나중에 걸리면요? 정말 순수하게 궁금하다는 듯 자신을 보는 나에게 사장은 '넌 아직 멀었어.' 혀를 끌끌 차더니, '잠수 타면 되지?' 라며 어깨를 으쓱해 보였다.

— 어차피 일 커져 봤자 걔네 손해야. 야, 너 아직도 이 바닥 생리를 모르겠냐? 까발려 봤자 피 보는 건 그냥 기집애들뿐이라고.

킬킬대며 대수롭지 않게 말하는 사장의 말에 끄덕끄덕 고개를 주억였다. 그의 말에 강제로 스스로를 설득시켰다. 꽤나 그럴싸하게 들렸기 때문이기도 했고, 결국 피 보는 계급에서 나는 빠져 있었기 때문에 결코 손해 본다는 생각이 들지 않았기 때문이기도 했다.

그렇게 몇 차례, 찍어 두었던 알바 지원자들이 스튜디오에 왔다 떠났다. 그중 몇몇은 자신들이 생각했던 것과 다른 아르바이트에 휘말렸다는 것을 눈치채는 경우도 있었다.

— 전 이딴 더러운 거 안 하는데요. 사람 뭘로 보고.

— 아저씨들 경찰에 신고하면 어떻게 되는 줄 알아요? 졸라 어이없어.

— 미친 변태 새끼들이네.

자신의 생각보다 똑 부러지게 일침을 가하며 스튜

디오 문을 박차고 나서는 여자아이들을 보면서 사장은 똥 씹은 얼굴을 했다. 저것들이 길거리에 나앉아 봐야 정신을 차리지, 멍청한 것들. 야무지게 쏘아대는 낯 앞에서는 아무 말도 못 해 놓고 소녀들이 스튜디오를 다 나서고 나서야 사장은 웅얼이듯 퉤, 침을 뱉고는 했다.

박현주가 등장한 것은, 이제 슬슬 다른 루트로 적당한 모델을 찾아보자는 얘기가 나올 즈음이었다.

— 사진만 찍으면 되는 거죠?

생각보다 호의적인 박현주의 말에 사장의 눈동자에 기름기가 돌았다. 나를 돌아보며 입 모양으로 존나 땡잡았다, 하고 말하는 얼굴에 홍조가 져 있었다. 그도 그럴 것이 박현주는 이제껏 찾아왔던 그 어떤 여자애들보다 사장이 입이 닳도록 말해 왔던 취향에 가까웠다. 하나 웃겼던 건, 들떠 하는 인간과 달리 박현주의 얼굴은 창백하리만치 무표정했다는 것이었다.

— 옷이 좀 야한데요.

일반 고등학생치고는 꽤나 사진발도 잘 받고 포즈도 자연스러워서 촬영은 물 흐르듯 진행됐다. 사장의 말마따나 얼추 '버무림'용 사진 촬영을 연습차 끝내고 본격적인 업소 촬영용 의상을 건네자 박현주의 표정이 굳었다.

— 아, 그거, 뭐, 그냥, 구색 맞추기 용으로 좀 찍어 두려고.

사장은 박현주에게 홀딱 반한 것 같았다. 어떻게든 그녀를 붙잡아 두기 위해 식은땀까지 흘려 가며 연기를 했다. 아니, 사기를 치고 있었다. 박현주만큼은 스튜디오를 박차고 나선 다른 소녀들처럼 놓치고 싶어 하지 않는 것처럼 보였다.

— 대신

— 다섯 배 쳐 주세요, 시급.

결국 박현주의 딜은 먹혀 들었다. 촬영 내내 박현주를 보고 묘한 기시감을 느꼈던 나는 반나절 동안의 촬영이 끝날 무렵에야 그 기시감이 무엇 때문인지 알

수 있었다. 아, 그 박현주!

아르바이트에 구직할 때는 '앨리'라는 가명을 썼기 때문에 헷갈렸던 것이다. 박현주라는 본명을 썼다면 진작 누군지 알아볼 수 있었을 텐데.

— 너, 중연 고등학교 다니는 박현주 아니야?

박현주의 이야기는 그녀를 대면하기 전부터 종종 듣곤 했던 것이었다. 그녀는 유명인사였다. 이 근방에서 그녀의 이름을 모르는 동갑내기는 거의 없었을 것이다.

— 야, 들었어? 박현주 모의고사 전국 1퍼 나왔대.

— 무슨 대통령상도 받았다던데.

— 걔 아이비리그 간단 말 진짜냐?

— 개부럽다. 금수저라 과외 빵빵한 거 받겠지?

고등학교 입학 이후부터 당연하다시피 1등을 놓치지 않는 그녀를 두고 또래집단 내에서는 말이 많았다. 서울대는 물론이고 외국대학까지 장학금을 받으며 갈 수 있다는 말들은 점점 그녀가 그 성적을 유지하기 위해 남몰래 아주 비싼 코디네이터를 고용하고 있다는 데에까지 퍼져 갔다. 그 소문은 당연히 박현주가 아주 귀한 집안의 딸내미일 것이라는 사실을 기반으로 하고 있었다. 박현주는 자신도 모르는 새에 고위 공무원의 외동딸이 됐다가, 유명 영화감독의 막내딸이 됐다가, 또 어떨 때에는 8층까지 건물을 올린 강남 성형외과 의사 집안의 손녀가 되기도 했다.

나도 물론 그렇게 생각했다. 그런 그녀가, 돈을 벌기 위해 아르바이트를 해야 하는 처지라는 건 꿈에도 상상 못 했던 일이다.

— 너 같은 애가 왜 이런 알바를 하는 거야? 재미로?

아르바이트를 마치고 집에 돌아가려는 박현주를 붙잡고 질문했다. 박현주는 대답 대신 자신의 손목을 붙들고 있는 내 손을 빤히 내려다봤다. 그 시선이 어찌나 차가웠던지 나는 나도 모르게 팔목을 놓고 미안, 하며 뒷걸음질을 쳤다. 박현주는 내 손이 닿았던 곳을 마치 벌레가 묻었던 데라도 되는 양 탁 털어냈다. 그리고 아무 대답 없이 등을 돌리고 걸어갔다.

박현주는 사람을 궁금하게 만드는 구석이 있었다. 주변의 멍청한 놈들을 시켜 박현주에 대해 수소문한 결과, 나는 얼마 지나지 않아 알게 됐다.

— 박현주 그년, 존나 가난하던데요?

— 애비가 완전 알코올중독자던데?

— 돈이면 다 할 것 같더라? 이참에 확 돈으로 사 버리면 되나? 킬킬.

부잣집 딸이라는 소문이 나 있던 것과 달리 그녀는 돈이 필요한 상태였고, 생각보다 아주 많이 가난했다. 솔직히 말하면 약점을 잡은 기분이었다.

'가난하다고? 나랑 똑같잖아?'

그것이 나로 하여금, 박현주를 더욱 쉽게 만들었다. 이전보다 훨씬 더 많이.

발악

한태우에게는 박현주의 사진과 영상이 남아 있었다. 인스타에 업로드할 것들을 찾기 위해 늘 폰과 캠코더를 들고 다녔던 영향이었다. 박현주가 키스방 홍보 사진을 찍는 동안 그도 사이드에서 틈틈이 그녀를 몰래 촬영했다.

〈뇌섹녀 XXX의 이중 생활?〉

한태우는 그것을 팔기로 결심했다. 물론 원본이 아닌, 박현주의 사진을 입맛대로 편집해 만든 불법 조작물. 그는 이것들을 팔아 한동안 꽤나 큰 돈을 벌었다. 한태우는 부를 얻었고, 변태들에게 추앙을 받았으며, 박현주는 심판의 도마 위에 올랐다.

그는 우월감을 느끼고 있었다. 올려다보지도 못할 만큼 꼭대기에 서 있다 생각했던 여자애를 바닥까지 끌어내리는 쾌감. 어떤 날은 박현주가 찾아와 제발 그만해 달라고 애원하는 꿈을 꾸기도 했다. 아침에 깨서 그것이 꿈이라는 걸 깨달았을 땐, 괜스레 쪽팔린 마음에 박현주를 독한 년이라 욕하기도 했다.

인터넷에 떠돌아다니는 뇌섹녀의 정체가 박현주라는 소문이 돌고, 그 소문이 중연고에까지 퍼졌을 때조차 박현주는 꼼짝도 하지 않았다. 그녀의 그런 태도가 하마터면 더 크게 번질 뻔한 말들을 자연스레 사그라들게 만들었다. 그래서 한태우가 오히려 박현주에게 먼저 접근했다. 저의 목숨 줄을 쥐고 있는데도 눈 하나 깜빡하지 않는 꼴이 분해서.

— 너 나 알지?

첫 번째 DM을 보낸 지 사흘이 지났음에도 답장이 없었다.

— 나 몰라?

두 번째 DM을 보내고 또 사흘이 지났지만 답장은 여전히 없었다.

— 걸레년.

그때부터 슬슬 약이 올랐다. 한태우는 자신이 할 수 있는 더러운 욕이란 욕은 다 모아 쏟아부어 놓고 답장이 오기 전에 차단해 버려야겠다는 생각을 했다.

— 걸레새끼는 너 아닌가?

하지만 곧이어 박현주에게서 답장이 왔다.

— 아, 코딱지만 한 성매매업소에서 일하는 걸레 꼬맹이라고 불러야 되나?

— 걸레야. 그거 알아? 너 오늘 고소 당했어.

— 나한테.

뭐, 고소? 어이없다는 듯 코웃음을 쳤지만 한태우의 심장이 쿵쾅대기 시작했다. 그때까지만 해도 그는 사장의 말을 믿었다. 이런 일이 밝혀져 봐야 여자애들만 손해라는 걸. 그래, 앞길 망치기 싫다면 입 닥치고 있겠지. 한태우는 스스로 끊임없이 자위했다.

— 너 뒷조사를 좀 해 봤는데 구린 데가 영 많더라?
— 왜. 너도 내 뒷조사했잖아. 나는 하면 안 돼?

상냥한 말투 뒤에 웃는 이모티콘까지 붙이며 박현주는 얼음장처럼 차갑게 말했다.

— 중3 때부터 불법 도박. 빚 1,500만 원.
— 니네 꼰대, 이거 알아?

아무에게도 말하지 않고 감춰 왔던 일이 수면 위에 떠올랐다. 한태우는 그야말로 심장이 쿵, 하고 내려앉는 기분이었다. 고등학교에 입학하면서 조금이라도 높은 서열의 애들과 어울리기 위해, 한태우는 그들이 시키는 일들을 마다 않고 전부 해내며 그럭저럭 무시받지 않는 삶을 영위할 수 있었다. 어릴 때부터 체구가 그리 크지 않고 평범하기 그지 없던 한태우로서는 살아남기 위해 필연적으로 골라야했던 선택지 중 하나였다. 어쨌든 소위 말해 좀 노는 애들과 어울리다 보니 또래들보다 낯선 경험을 많이 했다. 불법 도박이 그중 하나였다. 처음엔 센 친구들이 시켜서 시작했고, 그 다음엔 본인보다 약한 친구들에게 세 보이고 싶어서 더 큰 판을 벌였다. 그렇게 어린 나이에 빚이 생겼고 그것을 갚기 위해 키스방의 시다로까지 들어가게 된 것이다.

— 고작 열여덟 살인 네가, 빚더미에 올라 있는 포주 새끼라는 걸 알게 되면 네 아빠가 널 뭐라고 생각할까?

박현주의 협박은 생각보다 노골적이고 직접적이었다. 그리고 말뿐인 허상이 아니었다. 박현주는 한태우 집의 위치뿐 아니라 그의 아버지가 얼마나 보수적이고 폭력적인 사람인지, 그리고 이 모든 사실을 알게 됐을 때 무슨 일이 벌어질지에 대해서까지 모조리 다 구체적으로 알고 있었다.

한태우는 박현주가 무서워지기 시작했다.

— 나 더럽게 사용한 사진, 전부 내려.

— 그리고 100만 원 준비해.

— 죽고 싶지 않으면.

처음엔 한태우가 박현주에게 시도하려고 했던 협박이, 이제는 완전히 전세가 역전돼 버린 것이다. 100만 원은 시작이었다. 이후로 또 다시 100만 원, 다시 100만 원. 그렇게 마련하기도 힘든 돈을 박현주에게 몇 번이나 갖다 바쳐야 했다. 그것이 반복되자 한태우의 몸속 깊이 스며든 짜증이 폭발할 듯 치밀어 오르기 시작했다.

'저년만 없어진다면.'

한태우는 간절히 그것을 바랐다. 그래서였다. 박현주가 죽었다는 소식을 들었을 때 속으로 쾌재를 불렀던 건. 하지만 박현주의 탈을 쓴 누군가의 부름으로 이곳 양양에 갇혀 있는 지금, 의심의 싹이 생겨난다.

박현주가,

혹시 정말 살아 있는 건 아닐까.

전원 출석 완료

"분명 누군가가 장난치는 거야."

무표정으로 바닥을 응시하던 송준서가 쥐어짜내듯 중얼거렸다.

그래, 나도 그렇게 생각한다고. 박현주의 망령이 저주를 퍼붓는 게 아니라면 말이야. 덧붙이려던 말을 삼키며 한태우는 대신 반팔티 밑으로 자신의 팔에 돋아난 닭살을 슥슥 문지른다.

때마침 창문이 후드득대며 바람에 흔들렸다. 여름답지 않은 세찬 바람이었다. 어느새 소파의 오른쪽 끄트머리에 엉덩이를 붙이고 앉은 강재진이 창밖을 바라보다 혼잣말처럼 중얼댔다.

"초피네."*

"초피?"

한태우의 물음에 그가 작게 끄덕였다. 강재진의 시선 끝에는 창문 너머로 일렁이는 바다가 보였다. 해변가 바로 앞에 있는 곳은 아니었지만, 서핑샵으로 운영됐던 건물인지라 꽤나 지척에 바다가 있었다. 이곳이 어떤 목적으로 만들어진 곳이었는지 한태우는 새삼 실감이 났다.

"곧 태풍이 올 거야."

태풍 소식을 알리는 데에 저만큼 어울리는 목소리가 있을까. 웅얼대는 듯하면서도 깊은 울림이 담긴 강재진의 목소리를 들으며 한태우는 넌 어떻게 그런 것까지 아느냐 묻고 싶은 호기심마저 삼킨 채 자기도 모르게 고개를 끄덕였다. 강재진의 목소리는 어쩐지 사람을 무력하게 만든다. 한태우가 적이 아니라는 것을 인지하고 나서는 경계심마저 사라져서였을까, 힘 빠진 목소리가 더욱 그를 그렇게 보이게 만들었다. 그래서였을까. 한태우는 이곳에서 자신이 뭘 해야 하는지

* 초피(choppy): 바람으로 인해 수면이 흐트러진 상태.

도 잊은 사람처럼 강재진을 따라 멍청하게 창밖을 주시했다.

“난, 아마 3번인 것 같아.”

그렇게 몇 분의 시간이 더 흘렀을까. 마치 자기 고백이라도 하듯 시선을 바닥으로 떨구며 강재진이 얘기했다. “스토커.” 하고 덧붙이며 그가 고개를 들어 목과 귀를 덮는 긴 머리를 정리했다. 그 끝으로 목덜미에 가느다란 상처가 나 있는 것이 눈에 들어왔다. 생긴 지 얼마 안 된 것인지 피딱지가 굳은 채였다.

강재진을 바라보는 한태우의 눈이 가느다랗게 변한 것은 그에게서 예상하지 못한 뭔가를 발견했기 때문이었다. 한태우의 시선을 의식했는지 강재진이 자신의 귀를 감쌌다. 강재진의 귀를 덮고 있던 머리칼이 유독 불룩해 보였던 이유가 있었던 모양이다. 그의 귀에는 인공와우가 달려 있었다.

“그리고 준서는, 4번.”

바닥을 향해 있던 강재진의 시선이 서퍼 포스터 쪽 서랍을 뒤지다 주방으로 향하는 송준서에게 잠깐 닿았다 이번엔 한태우에게 향한다. 이제 너의 정체도 밝혀 보라는 듯이.

"나는 2번이야. 아르바이트."

자신을 빤히 바라보는 강재진의 눈동자가 암흑처럼 까맸다. 이제껏 쉴 새 없이 움직이던 한태우의 얼굴 근육이 강재진의 눈과 시선을 마주하며 마치 거미줄에 꽁꽁 묶인 듯이 순순히 진실을 고백한다.

강재진은 작게 고개를 한번 끄덕이더니 입고 있던 티셔츠 왼쪽 가슴께를 긁적였다. 그러고 나서는 다시 시선을 창문 너머 바다로 옮겼다. 강재진이 긁은 곳을 따라 검은색 티셔츠가 살짝 구겨져 있었다.

"그럼 이제 1번만 남은 건가."

혼잣말처럼 중얼이던 강재진이 소파에서 일어났다. 그리고 귓가를 매만지며 송준서가 있는 주방 쪽으로 걸어갔다. 한태우는 그런 강재진의 등을 빤히 바라보다 문득 소파 왼쪽 즈음에 올려 두었던 캠코더를 한번 바라본다. 모든 것은 여전히 기록되고 있었다. 비록, 송준서와 강재진은 알지 못했지만.

곧 태풍이 칠 거라는 강재진의 말은 거짓이 아니었다. 넘실대던 파도가 어느 순간 깊어졌고, 파랗던 하늘이 삽시간에 어둑해지기 시작했다.

비가 쏟아졌다. 후두둑 후두둑 빠르고 가늘게 내

리던 비는 신호도 없이 갑작스럽게 굵고 거센 줄기로 변해 갔다. 우르르 쾅, 하는 번개 소리가 잇달았다. 주방을 뒤지는 데에 여념이 없던 송준서가 잰 걸음으로 거실에 와 창밖 동태를 살폈다.

"바깥도 봐야 되는데, 더 심해지기 전에 나갔다 와야 되는 거 아니야?"

혼잣말 같았지만 명백히 청자가 있는, 의도적인 말이다. 송준서의 말에 강재진이 귓가의 인공와우를 몇 번 만지작댔다. 혹시라도 비에 젖을까 걱정이 되는 것처럼 보였다.

"근데 아까부터 궁금했던 건데 말야. 니들 원래 아는 사이야?"

한태우의 말에 강재진의 손이 멈춰 섰다.

"아니, 그래 보이길래. 아까 여기에도 같이 들어왔잖아. 주고받는 말들도 그렇고."

"어릴 때 좀 알던……."

"관심 꺼라."

뭔가를 대답하려던 강재진의 말을 송준서가 끊었다. 그러고 나서는 빨리 나갔다 오기라도 하라는 듯 턱 끝으로 바깥을 가리켰다.

"내가 나가 볼게, 그럼."

송준서의 시선이 고의적으로 자신에게서 떠나지 않는다는 걸 인지해서였을까. 결국 강재진이 문 쪽으로 향했다. 쿠궁, 소리와 함께 한 번 더 번개가 쳤다. 동시에 거실 전체 조명이 짧게 꺼졌다 켜진다.

"근데 이 문, 아까도 이렇게 빽빽했나?"

막 집을 나서기 위해 현관 문고리를 만지작대던 강재진이 뒤를 돌아보며 물었다. 그의 어정쩡한 포즈와 음성이 한태우의 캠코더에 그대로 담긴다. 예상 밖의 말에 둘 모두 강재진 쪽으로 시선을 돌렸다.

"아, 진짜 병신 같기는. 귀가 병신이면 손이라도 멀쩡하든가. 야, 비켜. 밀어서 여는 게 아니라 당겨서 여는 거라는 생각은 못 하냐?"

욕을 달고 사는 한태우 입장에서도 송준서의 말은 듣기 거북하다고 느낀 건지 그가 강재진의 눈치를 살폈다. 조금 전 강재진의 인공와우를 발견한 게 마음에 걸렸기 때문이다. 하지만 한태우의 심경과 달리 오히려 당사자인 강재진은 묵묵히 고개를 숙인 채 목덜미만 긁고 있을 뿐이었다. 송준서는 그런 강재진이 답답하다는 듯 그를 밀친 채 대신 문고리를 잡았다.

덜컥.

손잡이를 잡은 손에 힘을 줘 안쪽으로 잡아당기자 뭔가가 걸리는 소리와 함께 손잡이가 빽빽하게 멈춰 섰다. 이게 왜 이러지? 잠시 당황했지만 이내 송준서는 헛기침을 내뱉으며 강재진이 그러했을 듯 다시 손잡이를 쥔 채 반대쪽으로 밀어 봤다.

덜컥.

똑같은 소리가 나며 손잡이가 덜그럭 멈춰 섰다.

일순 고요가 찾아왔다. 누가 시킨 것도 아닌데 송준서가 한태우를 바라봤다. 한태우는 강재진을 바라보고, 강재진은 다시 송준서를 바라봤다. 세 사람의 시선이 어긋난 채 서로를 바라보다 이내 복잡하게 엉켜들었다.

"뭐 걸린 거 아니야? 야, 아까 문 닫을 때 돌 같은 거 뭐 낀 거 못 봤어?"

"아니, 난 못 봤는데."

"그럼 넌?"

"너희가 나보다 더 늦게 들어왔거든? 왜 나한테 난리야."

"그 후에 네가 문 만졌는지 아닌지 알 게 뭐야."

"아니거든? 너희 여기 들어온 이후로 나 여기에만 짱박혀 있었거든?"

"증거 있어?"

"그래 있다. 여기."

가시 돋힌 송준서의 말에 한태우가 발끈하며 소파 위에 올려져 있던 자신의 캠코더를 가리킨다. 그러자 더 이상 할말이 없어진 송준서가 끙, 소리를 내며 한 발 물러섰다. 그사이 강재진이 묵직한 현관문 아래를 향해 무릎을 굽히더니 실낱같이 벌어진 틈을 유심히 바라보다 고개를 들었다.

"낀 거 없어. 아무것도."

그 순간 번쩍, 다시 한번 거실 중앙등이 꺼졌다 켜졌다. 창밖으로 휭, 하는 거친 바람 소리가 유달리 크게 들리며 세 사람 사이의 공기를 갈랐다. 동시에 꿀꺽 하고 누군가가 마른침을 삼킨 것 같기도 했다.

"……설마 우리, 여기 갇힌 거냐?"

혹시 몰라 현관문 외에도 집 안의 문, 창문 등 모든 출입구를 확인해 보고 나서야 세 사람은 본인들이 어떤 처지에 처했는지 확실히 실감하게 됐다.

"뭐야, 이거. 이제 어떻게 해야 돼?"

"뭘 어떻게 해. 신고하면 되지."

다리를 꼬고 소파에 앉아 있던 송준서가 핸드폰을 꺼내며 대답한다. 그리고 키패드로 '1, 1, 2' 라는 번호를 누르려는데 강재진이 조심스럽게 그 위로 자신의 커다란 손을 얹었다. 짜증스럽게 그를 올려다보는 송준서의 눈빛에도 강재진은 무심히 고개를 양쪽으로 저을 뿐이었다.

"그럼 어쩌라는 건데."

"아직 1번이 남았잖아. 걔가 올 거야. 그럼 밖에서 문을 열어 달라고 하자."

"올지 안 올지 어떻게 알아."

강재진의 손을 뿌리친 송준서가 신경질적으로 그를 올려다보았다. 하지만 곧, 강재진의 한마디에 마른 침을 삼킨 채 핸드폰을 내려놓았다.

"너도 왔잖아."

"……."

"재도, 나도. 인스타에 적힌 사람 모두. 그러니까 올 거야, 1번도. 지가 살고 싶으면."

아씨, 못마땅하다는 듯 양손으로 머리를 쥔 송준서가 앓는 소리를 냈다.

"박현주 썅년. 죽어서까지 남한테 피해만 끼치네."

소파에 드러눕듯 기대앉아 테이블에 발을 쭉 뻗은 한태우가 일부러 성대 긁는 소리를 내며 욕설을 내뱉었다. 그 말에 팔로 머리를 가두고 있던 송준서가 눈만 치켜떠 한태우를 노려본다.

"시끄러우니까 입 좀 닥쳐."

입을 앙다문 채 쏘아붙인 송준서가 가방에서 타이레놀을 꺼내 입안에 털어 넣었다. 그러고 나서 텀블러를 꺼내 목구멍으로 물을 흘려보냈다. 그의 노란색 텀블러에는 JS라는 이니셜이 각인되어 있었다.

빗소리는 점점 더 거세지고 있었다. 굳게 잠긴 창문을 두드리는 빗줄기가 어찌나 세찬지 꼭 금방이라도 유리창이 깨질 것만 같았다.

송준서의 타박을 못 들은 척 가볍게 휘파람을 날린 한태우가 이내 "배고프다."를 중얼이더니 쌀국수, 닭봉튀김, 마라탕, 뿌링클 등 천장을 바라보며 먹고 싶은 음식들을 주문처럼 나열하기 시작한다. 한태우의 혼잣말이 "탕수육."에까지 이어졌을 때 거의 동시에 창밖을 주시하던 강재진이 말했다. 평소보다 반 톤쯤 올라간, 그로서는 가장 큰 목소리였다.

"누가 오는데?"

그 말에 자동반사적으로 한태우가 튀어 오르듯 일어나 강재진의 옆으로 간다. 정말이었다. 저 멀리에서부터 헤드라이트가 번쩍이며 점점 더 가까워져 오는 것이 보였다.

"오토바이 아니야?"

창문에 얼굴을 바짝 가져다 댄 채 한태우가 중얼거렸다. 그렇지 않아도 사방이 껌껌한데 하늘에 구멍이라도 뚫린 듯 쏟아지는 빗줄기 때문에 1미터 앞도 흐릿하게 보인다. 하지만 한태우의 말처럼 점점 더 눈부시게 가까워지는 그 빛은 분명 오토바이에서 뿜어져 나오는 헤드라이트가 맞았다.

잠시 후, 잠긴 현관문 바로 근처에 오토바이가 멈춰 섰다. 눈을 멀게 할 것처럼 소년들을 비추던 빛 역시 꺼졌다. 곧이어 쾅쾅쾅, 현관문을 거칠게 두드리는 소리가 고요한 공간을 가득 메우기 시작했다.

유리창에 이마를 눌러 붙이고 밖을 바라보고 있던 한태우가 고개를 뒤로 뺀 채 뒤에 서 있던 강재진과 송준서를 바라보았다. 그때 강재진이 뚜벅뚜벅 문 앞으로 걸어갔다. 그리고 잠시 망설이더니 이내 결심한 듯

문에 바짝 얼굴을 가져다 대며 바깥을 향해 말했다.

"밖에서 잠겼어. 안에선 못 열어."

쿵쿵쿵, 문을 두드리던 소리가 그 목소리에 뚝 그쳤다. 소란스럽던 바깥에는 이제 아까와 같이 비 쏟아지는 소리 밖에 들리지를 않았다.

잠시간의 정적이 이어졌다. 곧이어 키패드음과 함께 덜컥, 문고리 돌아가는 소리가 들렸다.

"여, 열린 거야 지금?"

가장 뒤에서 몸을 움츠린 채 예민한 눈초리로 문 쪽을 보고 있던 송준서가 혼잣말처럼 읊조렸다. 그리고 그 말이 주문이기라도 한 듯, 정말로 굳게 잠겨 있던 문이 삐걱대며 열리기 시작했다.

모두가 이유 모를 긴장감에 바짝 얼어 공기마저 굳어 버린 그 순간을 견디고 있을 때, 훅 하고 끼쳐오는 여름밤의 열기와 축축한 습기를 한데 머금은 누군가의 몸이 열린 문 사이로 등장했다.

밝은 갈색으로 염색한 얇고 짧은 곱슬머리에 맺힌 빗방울들이 고개를 좌우로 흔들자 빠르게 흩날린다. 한 손에 바이크용 헬멧을 끌어안은 그는 부드럽고 얇은 재질의 가죽 재킷을 허리에 둘러맨 채 비에 젖어 달라붙은 흰색 티셔츠를 떼어 내며 펄럭이고 있었다.

"여기가, 용선리 38-9번지 맞아?"

머리카락과 옷을 정리한 방문객이 차례대로 송준서, 강재진, 한태우를 한 번씩 쳐다보더니 물었다. 꽤나 조심스러워 보이는 질문처럼 보이지만 내뱉는 말투는 자신만만하고 거침이 없었다.

"사람이 있을 거라고는 생각 못 했는데, 불이 켜 있네."

모두가 멍청한 표정을 짓고 있을 때, 물에 젖은 머리칼을 다시 한번 털어 낸 그가 가볍게 몸을 떨며 안으로 들어섰다. 비에 흠뻑 젖은 상체와 마찬가지로 청바지와 신고 있던 운동화까지 축축하게 물에 젖은 탓에 몇 걸음 옮기지 않았는데도 질펵이는 소리가 여실히 들렸다.

"어떻게…… 열었어? 왜 밖에서 잠겨 있던 거야? 뭔가 트랩이라도 설치돼 있었어?"

이제야 정신이 든 듯 송준서가 질문을 쏟아 냈다. 그러자 방문객은 도무지 무슨 소리인지 모르겠다는 듯 새끼손가락으로 귀에 고인 빗물을 닦아 내며 고개를 갸웃했다.

“글쎄. 전혀 밖에서 잠겨 있는 것 같진 않던데.”

“아, 아니야. 분명히 문만 잠긴 게 아니라, 차, 창문도. 그, 그게.”

당황한 듯 송준서가 말을 더듬었다. 그러고는 자신의 말을 증명이라도 하겠다는 듯 창문가로 달려가 굳게 닫혀 있던 창문을 힘주어 밀었다. 그런데…….

끼익—.

듣기 싫은 소음과 함께, 다소 빡빡한 느낌이 들긴 했지만 그래도 비교적 어렵지 않게 창문이 열렸다. 문 밖으로 둔탁하게 들리던 빗소리가 열린 창문 덕택에 더 생동감 있는 시원한 리듬을 만들어 내며 귓속으로 파고들었다.

“그럴 리가.”

이번엔 묵묵히 입을 다물고 있던 강재진이 믿을 수 없다는 듯 툭 내뱉었다. 그리고 그의 긴 다리가 성큼성큼 어딘가를 향해 가더니 이내 반대쪽으로 가 창문에 손을 댄다. 잠시 후, 강재진의 목소리가 거실 쪽으로 낮게 가라앉았다.

“열렸어. 여기도.”

어떻게 된 거지? 토해 내듯 말을 내뱉으며 손톱을

깨물던 송준서가 강재진 쪽으로 따라 달려갔다 이내 얼굴이 새하얗게 질렸다. 이 안에서 오직 비에 젖은 이 소년만이 사태 파악을 하지 못하고 있었다

"그나저나, 여긴 뭐 하는 데야?"

주변을 둘러보며 툭 내뱉는 그의 말에야 세 사람의 시선이 진정을 되찾은 채 한곳으로 모였다. 자신에게 이목이 집중되자 그제야 만족스럽다는 듯 소년 방문객은 들고 있던 헬멧을 소파에 퉁, 소리 나게 내려놓았다. 그리고 청바지 밑단에 묻은 물기를 털며 소파로 걸어가 주저앉았다. 덕분에 말끔하던 하얀색 소파가 그가 앉은 모양 그대로 짙게 물들어 갔다.

으, 자기도 모르게 인상을 찌푸리며 탄식을 내뱉은 송준서가 소년에게서 두어 걸음 떨어졌다. 그는 송준서의 반응 따위는 아랑곳하지 않고 머리칼을 탈탈 털고 있을 뿐이었다.

"네가, 1번이야?"

순식간에 좌중을 압도하며 중심을 차지한 소년과, 마치 위성처럼 먼발치에서 그를 둘러싼 채 바라보고 있는 다른 소년들. 그 사이를 가르며 재진이 물었다. 곧 비가 올 거라고, 마치 예언하듯 말할 때와 같은 습

도의 목소리였다. 그의 음성에 소년이 머리를 털다 잠시 생각에 빠졌다. 그리고 곧 싱그럽게 웃으며 고개를 끄덕였다.

"아마도?"

자신에게 질문을 한 강재진, 송준서, 한태우를 다시 한번 빤히 차례대로 바라보던 1번 소년이 이내 다시 바람 빠지는 웃음소리를 내며 배를 문질렀다.

"근데 여기 먹을 건 없냐? 배고파 죽겠네."

주변을 두리번거리다 소파에서 일어나 주방으로 향하려던 소년을 송준서가 가로막았다. 그리고 웃음기 없는 얼굴로 그를 빤히 바라봤다.

"1번 열등감, 그거 너냐? 찌질하게 돈으로 답안지 산 게?"

그런 송준서를 마주 내려다보는 1번 소년의 얼굴에서도 천천히 웃음이 지워졌다. 그러고 나서는 꽤나 흥미롭다는 듯 가는 눈을 뜨고 송준서를 물끄러미 쳐다본다. 둘 사이에 잠깐 동안 팽팽한 긴장감이 일었다. 그 묘한 줄다리기의 끈을 툭, 끊어 버린 건 1번 소년 쪽이었다.

"대답은 밥 먹고 나서 해도 되지?"

1번 소년의 입 꼬리가 다시 비죽 올라갔다. 그리고 이내 아무 일도 없었다는 듯 송준서의 어깨를 자신의 어깨로 툭 치며 주방으로 향했다. 한참 동안 냉장고와 찬장을 뒤지던 1번 소년이 뭔가를 찾아낸 듯 거실에서 있던 소년들을 향해 외쳤다. 그는 이미 핫바를 입에 물고 있는 채였다.

"여기 소시지 많네. 너희도 먹을래?"

틈

“이런 게 있었단 말이지?”

핫바에 콜라, 시리얼까지 처치하고서야 겨우 숨을 돌린 1번 소년이 자신의 앞으로 내밀어진 라명훈이라는 명찰을 받아 들며 중얼거렸다.

반복적으로 쏟아지는 빗소리에 정신이 이상해질 것 같다고 한태우가 TV를 틀어 놓는 바람에 이제는 빗소리에 TV의 소음이 더해져 자칫 평범한 어느 저녁의 집처럼 보일지도 모르는 풍경마저 만들어지고 있었다.

“박현주 그 독한 년, 제대로 준비했네 아주.”

자신의 이름이 새겨진 명찰을 든 채 피식, 웃으며

라명훈이 혀를 찼다.

"진짜 박현주가 이 일을 벌였다고 생각하는 거야 설마?"

"아니, 내가 그 정도까지 망상종자는 아니야. MBTI도 극S에 극T거든. 잡상상 같은 건 안 해."

"그러면?"

"최소한, 박현주가 벌인 일이라는 건 추측이 가능하다는 거야. 못 알아들어? 박현주 머리 정도는 돼야 이런 일을 계획할 수도 있다고."

그 말에 소년들이 입을 꾹 다물었다. 암묵적 동의였다.

"판을 짠 메이커는 따로 있겠지만, 뭐, 박현주가 죽은 건 사실이니까 말이야. 하여간 괘씸하네 박현주. 죽고 나서도 가만두지 못하겠다 이거지."

첫 문장은 소년들에게, 다음 문장은 혼잣말처럼 말끝을 흐리며 이은 라명훈이 꽤 활기차게 소파에서 일어났다.

"너희는 어떨지 모르겠는데 난 시간이 없어서. 좀 빨리 움직여야겠다. 며칠 후에 아이비리그 입학 관련 미팅이 있거든."

라명훈의 말에 소년들이 다시 자리에서 일어선다. 그렇게 뿔뿔이 흩어져 박현주가 자신들에게 남긴 '비밀'이라는 것을 찾아나선 지 얼마의 시간이 흘렀을까.

"지금 속보 뜬 거, 여기 근처 아니야?"

TV를 물끄러미 바라보고 있던 강재진이 작게 중얼거렸다. 뉴스에서는 몇 시간 전 발견된 시체에 대한 내용이 나오고 있었다. 사망 추정 시기는 이틀 전, 얼굴과 신체가 심각하게 훼손돼 신원은 불분명하나 젊은 남자로 보인다는 내용이었다. 앵커는 얼마 전 교도소에서 탈옥한 연쇄살인범에 대한 꼭지를 이 사건과 연결시키며 마치 그 탈옥범이 사건의 용의자라는 듯한 뉘앙스를 풍겼다.

"으, 살 떨린다. 이 근처라니까 절라 쫄리네."

한태우가 몸을 부르르 떨며 반팔 소매 밑으로 드러난 팔을 마구 문질러댔다. 그 모습을 보고 라명훈이 황당하다는 듯 픽 웃었다.

"쫄 거 없어. 금방 잡혀 저런 새끼는."

"진짜 이 동네로 오는 거 아니야?"

"가능성이 없다곤 볼 수 없지. 비가 이렇게 오는데, 숲에 숨을 수도 없고."

정말 이 동네에 연쇄살인범이 나타나면 어쩌냐는 강재진의 목소리에 송준서가 무 자르듯 단칼에 대답했다. 그 말이 꽤 일리 있어 보였는지 강재진이 입을 다문 채 무겁게 고개를 끄덕였다.

"야, 근데 이거 뭐냐."

그때 거실의 왼쪽, 서핑 보드들이 켜켜이 쌓인 먼지와 함께 서 있는 진열대 뒤에서 라명훈이 툭 소리를 내며 뭔가를 발로 차 밖으로 꺼냈다. 작은 상자였다.

"이건 아까 못 봤어?"

"어, 거기까진 찾아보질 못해서."

강재진이 귓가를 만지작대며 대답했다. 라명훈은 그런 강재진의 태도에는 별 관심 없다는 듯 이내 상자를 들고 다시 소파에 앉았다. 라명훈이 상자를 들고 흔들어 보자 안에서 작게 달그락 소리가 났다.

"안에 들여다봐."

"야."

"뭐."

"넌 원래 그렇게 남을 잘 시켜먹냐?"

"뭐?"

"궁금하면 네가 들여다봐."

라명훈의 말에 송준서가 자존심이 상한 듯 그의 손에서 상자를 빼앗아 들었다. 그리고 작은 열쇠구멍 사이에 시야를 맞췄다.

"……있어. 뭐가."

"그게 뭔데."

"잠깐만."

가는 눈을 뜨고 한참 동안 그 안을 들여다보던 송준서가 침을 꿀꺽 삼킨 채 말했다.

"USB."

아, 그 말에 송준서의 뒤에서 각양각색의 탄성이 일었다. '드디어 찾았다.'와 같은 유의 소리들이었다.

"빨리 꺼내서 부숴 버리든 빻아 버리든 없애 버려야겠어."

한태우가 송준서의 손에서 상자를 뺏어 그것을 막무가내로 흔들기 시작했다.

"그런다고 열리겠냐? 멀쩡히 열쇠구멍이 있는데."

"아, 미친. 그럼 열쇠를 또 찾아야 된다고?"

"방법이 있을 거야."

"방법은 뭔 방법. 나도 언제까지 여기에 있을 수 없다고. 이거 그냥 깨 버리자."

정말 상자를 부숴 버리기라도 할 심산인지 한태우가 들고 있던 상자를 바닥에 내동댕이칠 준비를 하자 송준서가 날카롭게 외치며 그의 동작을 멈췄다.

"나한테 있어!"

그런 다음 자신의 가방에서 무언가를 꺼냈다. 번뜩, 번개가 내리치는 와중에 송준서의 손에 들린 것 또한 반짝이며 그 끝이 빛났다.

"이걸로 열어 보자."

송준서의 손에 들린 것은 송곳이었다.

"열쇠 대신 이걸로 잠금 장치를 딸 수 있을지도 몰라."

"그럴싸한데?"

라명훈이 송준서의 손에 들려 있던 송곳을 받아 들었다. 그리고 상자의 열쇠구멍에 송곳의 끝을 가져다 대려다 다시 송준서를 돌아봤다. 그의 눈초리에 옅은 의심이 깔려 있었다.

"그런데 넌 이런 거 왜 들고 다니냐?"

그 말에 잠시 말문이 막힌 듯 입술을 오므리던 송준서가 이내 차갑게 내뱉었다.

"내가 너한테 내 사생활까지 얘기해야 돼? 싫음 내

놓든가."

송준서가 송곳을 다시 빼앗아 가려 하자 라명훈이 빠르게 팔을 위로 뻗어 상황을 모면했다. 그리곤 어깨를 한번 으쓱한 채 상자의 열쇠구멍에 집중하기 시작했다. 그렇게 송곳으로 들썩이기를 몇 번, 생각처럼 되지 않는지 그가 아씨, 하는 본능적인 탄식을 내뱉었다.

"비켜 봐. 내가 해 볼게."

"됐어. 내가 어떻게든 해 볼 거야."

손을 내미는 재진을 어깨로 밀쳐 내며 라명훈이 자존심이 상한 듯 냉랭한 말투로 상자를 더욱 잡아당겼다.

어? 라명훈이 쥐고 있는 송곳을 물끄러미 바라보고 있던 한태우의 입에서 의문을 담은 소리가 흘러나온 것은 그때였다.

"야, 이거 뭐야."

모두의 시선이 꽂힌 곳은 송준서의 송곳이었다.

"피."

라명훈이 열쇠구멍에 꽂혀 있던 송곳의 날카로운 부분을 꺼내자 분명 거기에는, 미세하지만 핏자국이 묻어 있었다. 한태우의 얼굴이 하얗게 질렸다.

"송준서. 솔직히 말해. 너 진짜 4번 맞아?"

충돌

무서워서 올라와 볼 생각도 못 했던 2층에, 계단을 기듯 뛰어올라 순식간에 올라섰다. 작은 거실을 중심으로 기다란 복도가 뻗어 있는 것이 보인다. 그리고 그 복도 양옆에는 복사 붙여넣기 한 것 같은 똑같은 모양의 나무문이 두 개씩 서 있었다. 나무문들을 지나치면 복도 끝 쪽에는 바닥에서부터 천장까지 연결된 기다란 통창이 있었다. 그 너머로 쏟아지는 비와, 비에 젖은 시커먼 밤바다가 마치 스크린 속 장면처럼 펼쳐졌다.

거칠게 숨을 고르며 복도에 서서 양쪽 방문을 둘러보던 한태우는 겁에 질린 얼굴로 1층에 있을 소년들

쪽을 바라보았다. 그때 라명훈이 그를 따라 올라오는 것이 보였다.

"야, 괜찮아?"

놀란 얼굴로 한태우의 어깨에 손을 얹는 라명훈. 그에게 한태우의 떨림이 그대로 전해졌다.

"너흰 아무렇지도 않아? 송곳에 피가 묻어 있었잖아. 그리고 송준서 쟤, 생각해 보니까 자기 DM 끝까지 나한테 안 보여 줬어. 분명 뭔가 있다니까!"

"강재진이 봤다고 했다며. 그럼 강재진도 공범이라는 거야?"

"알게 뭐야 씨발! 쟤 혹시 TV에 나온 그 연쇄살인마 아니냐? 저 새끼가 박현주 사주받고 우리 싹 다 죽이려고 하는 걸 수도 있잖아."

"정신 좀 차려. 왜 이렇게 혼자 급발진을 하고 난리냐?"

"몰라. 존나 소름 끼친다고. 저 새끼 어디 가둬 놔야 되는 거 아니야?"

"야!"

"됐어. 내가 숨어 있고 말지. 다들 조심해. 송준서 저 새끼, 아까부터 눈깔이 영 맘에 안 들었다고."

1층 쪽을 쏘아보며 얘기하던 한태우는 자신의 와치캡을 한번 들어올렸다 쓰더니 이내 복도 맨 끝 방 문고리를 잡고 그 안으로 사라졌다. 그리고 문이 닫히려던 찰나, 다시 한번 몸을 내밀고 라명훈에게 얘기했다.

"아, 미안한데 소파 위에 내 캠코더 있거든. 그것 좀 갖다줘라."

"어…… 뭐, 그래."

쾅 하고 닫힌 문 뒤로 라명훈이 어깨를 으쓱였다. 그러고 나서 한태우가 부탁했던 대로 다시 1층으로 향하는 계단을 밟았다. 거실 공간으로 내려가니 피 묻은 송곳을 손에 든 송준서가 멍청한 표정을 한 채 생각에 빠져 있었다. 강재진은 불을 붙이지 않은 담배를 한참이나 질겅이고 있는 채였다.

갈증 유발자

— 강재진

송준서의 송곳에 왜 피가 묻어 있었는지에 대해, 사실 그 이유를 알고 있다.

송준서와 나 그리고 박현주는 아주 어린 시절부터 한 동네에서 함께 자라 온 친구들이었다. 쌍둥이 남매였던 박현주와 송준서. 부모님의 이혼과 재혼으로 인해 성이 달라진 채 다른 가정에서 긴 시간을 보내 왔지만 어린 시절 두 사람은 분명히 언제나 꼭 붙어 다니던 남매였고, 나는 그들을 부러워하기도, 질투하기도 했던 동급생이었다.

난 긴 시간 박현주를 좋아했다. 자신감 넘치고, 누구나 우러러보는 선망의 대상인 그 애가, 나 역시 좋았다. 어쩌면 내게 그 불행한 사고가 벌어지지 않았다면 용기를 내 더 일찍 현주에게 마음을 고백했을지도 모른다.

어렸을 적 가족과 함께 갔던 바닷가. 난 그때 아빠와 함께 서핑 보드 위에서 놀고 있었다. 바다에 가 보는 게 소원이라고, 영화에서 보던 것처럼 파도 위에서 멋지게 서핑을 하고 싶다던 현주에게 보여 주기 위해 사진도 한 장 남긴 후였다.

오늘처럼 그날도 초피였다. 이제 그만 나가자는 아빠의 말을 무시하고 나는 보드 위에서 어설프게 자세를 잡고 있었다. 곧이어 거친 파도가 나를 덮쳤고 나를 붙잡으려던 아빠의 손을 놓치며 난 그대로 물에 빠져 쓸려갔다. 그 이후로 몇 가지 서글픈 단계의 사건을 더 거친 후 결과적으로 난 영영 청각을 잃었다. 사춘기가 시작되기도 전에 겪은 충격적인 변화였다.

내가 청각장애를 가지게 된 후에도 또래 친구들 중 유일하게, 나를 있는 그대로 바라보며 지켜 주는 아이는 현주뿐이었다.

* * *

— 야, 귀머거리!

초등학생 시절, 그 나이대의 아이들은 순수한 만큼 잔인하다. 자신의 생각과 감정을 너무도 필터 없이 드러내는 시기이고 누군가를 놀리거나 괴롭힌다는 것 역시 상대에게 얼마만큼의 고통을 건네주는 것인지 전혀 알지 못한다.

난 기억 속 그 장면을 꽤 자주, 마음이 아프다 못해 짓물러 사라질 때까지 떠올려 보고는 했다. 실내화 가방을 든, 또래의 남자애들이 나를 괴롭히는 주요 인물들이었다. 다소 불편한 장면들이 콜라주처럼 이어진다. 누군가가 머리를 때리고, 강제로 인공와우를 뜯으려고 하고, 성에 차지 않자 억지로 내 가방을 빼앗아 저 멀리 던져 버리기까지 했다.

기억을 떠올리는 것이 괴로웠지만, 그럼에도 불구하고 그것이 가능했던 건, 현주. 그래 그 기억의 끝에 항상 등장해 주는 현주 덕분이었다.

현주는 남자아이들이 나를 괴롭힐 때마다 마치

본인이 언제 나타나야 가장 멋있을지 정확히 알고 있는 히어로물 주인공처럼 적재적소에서 나를 구해 줬다. 악당 같은 남자애들에게 불도저처럼 돌진해 똑같이 발길질을 하고 실내화 가방을 휘두르며 그 끔직한 지옥에서 나를 끌어냈다. 결국 현주의 기세에 진 건지 남자애들이 욕지거리를 하며 돌아섰고, 바지에 묻은 흙을 털어내며 현주는 끝까지 주먹을 풀지 않고 아이들의 등 뒤에서 뭐라 고함을 쳐 댔다.

그리고 남자애들이 결국 찍소리 못 한 채 사라지고 나면 완전히 달라진 표정으로 나를 바라보고는 했다.

— 괜찮아?

힘차게 싱긋 미소 짓는 그 얼굴을 마주 보고 있을 때면, 나를 괴롭히던 이 지옥 같은 현실이 난로 위 캐러멜처럼 사르르 녹아내리는 것만 같았다. 하지만 내 대답은 결코 그만큼 달콤하지 못했다.

— 씨발, 너 같으면 괜찮겠냐?

마음속에 치미는 부아를, 난 나를 괴롭힌 남자애들이 아닌 현주에게 퍼부었다. 신경질적인 내 반응에 잠시 얼어붙는 것 같던 현주의 표정은 이내 언제 그랬냐는 듯 다시 맑게 개었다. 그러고 나서는 아무렇지 않게 내 손을 붙잡아 함께 우리 집으로 향했다. 나는 현주가 나를 위해 태어난 아이라고 생각했다.

3번, 스토커.

하지만 10여 년이 지난 후의 현주는 나를 그렇게 불렀다. 아마도 작년 크리스마스, 내가 현주에게 고백한 그 이후부터.

결론적으로 나는 차였다. 알고 있었다. 우리가 커가며 나를 대하는 현주의 태도가 묘하게 달라지고 있었다는 걸. 부모님의 이혼과 함께 그녀가 고향을 떠나 서울에 살기 시작하며 거리감 또한 점점 커졌다. 그때부터였을 것이다. 내 마음에 절대로 해갈될 수 없는 지독한 가뭄이 시작된 것은. 아무리 물을 마셔도 갈증이 사라지지를 않았다. 그래서 생각했다. 더 늦기 전에 모든 걸 바로잡아야 한다고.

우리는 성인이 될 준비를 하고 있었다. 그래, 진짜 어른. 이제 이 관계는 이전보다 훨씬 더 분명해지고 확실해져야 마땅했다. 현주는 내 곁에서만 반짝이고, 나를 향해서만 웃어 줘야 한다, 영원히. 그 애는 그러려고 태어난 아이니까.

— 현주야, 너도 나 좋아한 거 아니었어? 솔직히 그렇잖아. 다른 애들이 다 나 괴롭히는데 너만 나랑 친하게 지내 주고. 내가 못살게 굴 때도 다 참아 줬잖아. 좋아하니까 그런 거였을 거 아니야. 근데 왜 갑자기 마음이 변한 거야? 내가 뭐 잘못한 거라도 있어?

장미꽃을 건네며 조심스럽게 묻는 나에게, 현주는 황당하다는 표정을 지었다. 그리고 믿을 수 없는 말을 내뱉었지.

— 강재진. 너 몰라? 그때 네 엄마가 나한테 돈 주면서 부탁한 거.

거짓말.

나를 바라보던 현주의 표정이 점차 경멸로 변해갔다. 무표정이었던 입술을 비웃음으로 적셨다.

꽃다발을 쥔 손이 바들바들 떨렸다. 꽃 줄기가 나를 비웃고 있는 박현주의 목 줄기나 되는 양 나는 온 힘을 다해 그것을 쥐었다.

'네가 나를 배신해?'

— 재진아, 미안한데 난 너 안 좋아해. 관심 없어 전혀.

— 다신 연락하지 말아 줄래?

— 이런 거 솔직히 소름 끼치거든.

그날 이후, 더 이상 그녀와 연락이 되지 않았다.

'죽여 버릴 거야.' 어째서 그 생각이 들었는지는 모르겠지만, 그 결심을 마음 속으로 인정하고 나니 한결 홀가분해졌다. 그래, 내가 가질 수 없다면 차라리 죽여 버리는 게 낫다. 오히려 마음 한쪽에서는 즐거움마저 들었다. 그게 내가 현주에게 품은 마지막 감정이었다.

그러던 어느 날, 현주에게 먼저 연락이 왔다. 세 건의 부재중 통화가 있었고, 여러 건의 메시지가 도착해 있었다. 현주가 보낸 사진은 도청기와 위치 추적기였다. 사진을 본 순간 잠시간은 난감했지만 조금은 묘한 쾌감이 일었다.

그건 모두 내가 현주의 일거수일투족을 알아내기 위해 몰래 그녀의 물건들에 부착해 놨던 것이었다.

'아깝게 됐네.'

그리고 현주는 그날 이후 나를 완전히 차단했다. 하지만 난 쉽게 물러설 생각이 없었다. 수단과 방법을 가리지 않고 나는 시시때때로 그녀를 감시했고, 감청했다. 그 정도의 권리쯤 충분히 나에게 주어질 수 있는 것이라 생각하며.

얼마 후, 박현주가 죽었다는 소식을 들었을 때 난 마치 뒤통수를 망치로 후드려 맞기나 한 것 같은 기분에 휩싸였다. 슬프다거나 눈물이 나서가 아니었다. 그저 황망했다. 현주의 옆자리에 설 기회를 잃은 것도 모자라, 그녀를 죽일 유일한 기회마저 타인에게 뺏기고만 셈이니까.

이 이야기의 진실을 알고 있는 것은, 현주의 쌍둥이 친동생인 송준서뿐이었다. 현주의 계정으로부터 DM을 받은 후 난 수신인들 중 제일 먼저 양양에 도착했다. 그리고 이곳을 배회하고 있는 나를 발견한 것이, 두 번째로 도착한 송준서였다. 아주 오랜만에 보는 것이지만 나는 송준서를 금세 알아봤다. 박현주의 하나뿐인 동생, 송준서 역시 내 레이더망을 피해 갈 수는 없었으니까.

— 미친 스토커 새끼.

내 이야기를 들은 송준서는 눈을 부라리며 내게 퉤, 하고 침을 뱉었다. 그가 날 이해할 것이라고 생각하지 않았음에도 기분이 썩 좋지만은 않았다. 주먹에 힘이 들어갔지만 그것을 휘두르지도 못했다. 난 하나도 달라지지 않았다. 박현주에게 약한 만큼 그의 쌍둥이에게 또한 연약한 게 나였다. 박현주와 꼭 닮은 저 눈. 그 눈을 보면 늘 온몸의 피가 모두 빠져나가는 기분이 들었기 때문이었다. 나는 주먹을 쥔 손을 풀었다. 다시 갈증이 생겨나기 시작했다. 그와 동시에 참을 수 없는 분노와 슬픔이 거품처럼 일었다.

— 모든 건 박현주가 자초한 일이야. ……그 애가 이 세상에서 제일 상냥하게 대해 줬던 게 누군지 알아? 제일 따뜻하게 웃어 준 게 누군지 아느냐고. 바로 나야. 박현주의 그런 특별한 마음을 받아 본 건 아마 세상에 나 하나뿐인걸? ……거절할 거

였으면, 애초에 웃어 주지도 말았어야지.

절대 언성을 높일 생각은 없었지만 생각과 다르게 목소리가 이미 칼날처럼 비명이 되어 내뱉어지고 있었다. 나는 다시 숨을 고르며 적막이 이는 공기 속에서 차분하게 말을 이었다. 너무 흥분하면 안 된다. 청력에 다시 이상이 생길지 모르니까.

— 다시 말하지만, 모든 건 박현주 잘못이야.

더러운 새끼, 하고서 송준서가 내게 무언가를 휘둘렀다. 그래, 그게 바로 이 송곳이다. 이 공간에 도착하기 전 둘만의 대화를 나눌 때 송준서가 저 송곳을 휘둘러 나에게 생채기를 냈고 저 송곳에 묻은 건 명백히 내 피였다.

상황을 알지 못하는 라명훈과 한태우에게 충분히 설명할 수도 있었지만 피를 보고 기겁을 하며 도망치는 한태우를 보니 무력한 피로감이 온몸을 덮쳤다.

나는 나를 신기해하거나 인상을 구기며 뒷걸음질 치는 사람들을 아주 많이 봐 왔다. 한태우의 질겁은 이유를 불문하고 내게서 힘을 빼앗아 간다. 목이 말랐다.

주방으로 가 물을 마실 생각으로 걸음을 옮기는데, 캠코더를 2층으로 가지고 갔던 라명훈이 다시 1층으로 내려오며 말을 걸었다. 라명훈의 목소리도 꽤나 건조하게 갈라져 있었다. 모두 이 좁은 공간 안에서 벌어진 일들에 많이 지친 것처럼 보였다.

"아까 주방 보니까 술 있던데, 너희도 뭐, 한잔씩들 할래?"

주방으로 앞서 가 선반 찬장에서 위스키를 꺼내는 라명훈의 손길이 꽤나 자연스러웠다. 내 시선을 의식했는지 그가 머리칼을 쓸어 올리며 어색하게 웃어 보였다.

"성적 땜에 스트레스 받으면 아빠 술 창고에서 몰래 한 잔씩 따라 마셨거든. 긴장 푸는 덴 나쁘지 않아."

병을 딴 라명훈이 잔에 술을 따라 내게 내민다. 똘똘똘, 하는 꽤 듣기 좋은 소리와 함께 잔에 주홍빛 액체가 담겼다.

"한잔해. 송준서 너도."

나에게, 그리고 멀찍이 소파에 앉아 여전히 송곳을 쥐고 생각에 빠져 있는 송준서에게 라명훈의 목소리가 가당았다. 나는 그것을 들으며 두 눈을 질끈 감고 액체를 목 안으로 흘려 보냈다.

악연의 말로
— 한태우

문을 열고 들어선 곳에는 평범한 방의 모습이 펼쳐져 있었다. 문을 꼭 닫고 잠금장치까지 완벽하게 처리해 놓고 나니 그제야 안심이 되며 긴장이 풀렸다.

후, 하는 한숨을 내뱉은 채 나는 천천히 방 안을 둘러보았다.

싱글 침대 하나와 작은 책상과 의자, 그리고 1인용 소파와 그리 크지 않은 인치의 TV. 한쪽 벽면에는 두툼한 암막커튼이 쳐 있었다. 그것을 손으로 슥 밀쳐 보니 2중 유리창이 겹쳐져 있다. 열어 봤자 내리는 건 비뿐일 테니 바깥 감상은 접어 두기로 한다.

다시 커튼을 제자리로 돌려 놓은 채 반대편 벽 쪽

으로 향했다. 나무문을 열고 들어가니 약간의 퀴퀴한 냄새와 함께 욕실이 드러났다. 욕조 대신 샤워부스가 놓여 있는 두 평 남짓의 공간이었다. 이사 집을 보러 오기나 한 것처럼 변기 레버를 눌러 보니 1, 2초 머물던 물이 꼬르륵 소리를 내며 내려갔다. 긴 시간 비워진 집처럼 보이더니 아니나 다를까 변기도 제 활동을 오랜만에 하는 모양이었다.

새로운 곳에 오면 꼼꼼히 공간을 살펴보는 건 오래된 버릇이었다. 태어날 때부터 빚쟁이에게 시달렸고, 그만큼 수도 없이 이사를 다녔다. 이곳이 생존할 만한 곳인지를 살펴보는 일은 너무도 익숙하고 당연한 절차였다.

1인용 소파에 앉아 찌뿌듯한 몸을 풀며 기지개를 켜려니 문득 이곳이 꽤나 부내 나는 공간이라는 게 실감이 났다. 방마다 TV와 소파가 달려 있는 것도 모자라 욕실까지 풀세트라니. 내 방에 이런 푹신한 소파는 없다. TV는커녕, 솔직히 집에 내 방이라고 부를 수 있을 만한 개인적인 공간조차도 없다고 보는 게 무방하지.

사진이라도 많이 찍어 둬야겠다. 언제 써먹을 수

있을지 모르잖아?

주머니에 넣어 둔 핸드폰을 꺼내 방 안 구석구석을 찍고 사진첩에 들어가 결과물을 확인하려는데, 오늘따라 유달리 하트를 꾹 누른 즐겨찾기 사진들이 눈에 들어왔다. 몇 개를 클릭해 보니 그동안 모아 둔 주옥같은 사진과 영상들이 페이지에 꽉 들어찼다. 엄지손가락으로 스크롤을 빠르게 위아래로 옮기는데, 어느 순간부터 익숙한 얼굴이 계속해서 칸을 채우고 있었다.

너와 내 악연은 어디에서부터 시작된 걸까.

박현주의 얼굴을 빤히 들여다보고 있으려니 불편한 기분이 든다. 연달아 송준서의 피 묻은 송곳이 덜그럭거리며 마음에 걸렸다. 아무래도 캠코더를 다시 돌려 봐야겠단 생각이 들었다. 라명훈이 건네주고 간 캠코더를 손에 쥐고 화면을 내려다보려는데, 그런데, 뭔가가…… 눈에 들어왔다.

전형적인 방의 모습에 어울리지 않는 이질감을 주는 물건 하나. 나는 몸을 일으켜 그것의 정체를 확인하기 위해 다가갔다. 그것은 책상 위에 놓여 있는 손가락 하나 정도 크기의 물건.

"여기 숨겨 놨던 거였어?"

그렇게나 찾았던 USB였다. 상자에도 있고 여기에도 있는 거면, 1번부터 4번까지 총 네 개가 있는 건가? 아니, 지금 내가 그런 거까지 신경 쓰고 있을 때가 아니다.

USB를 손에 넣은 난 꾹 힘을 주어 그것을 그러쥐어 보았다. 이 안에 있다고 했지. 내가 숨기고 싶은 비밀이.

반대로 말하자면, 이것을 손에 쥔 순간 내 치부는 영원히 사라지는 것이나 마찬가지다. 자신의 죄를 세상에 공개하고 싶은 사람은 없을 테니까.

나는 생각했다. 원하던 것을 얻었으니 얼른 이곳을 빠져나가야겠다고. 그런데 그때 어디선가 미세한 소음이 들려오기 시작한다. 삐— 삐삐이— 삐삐삐——. 마치 들어 본 적 있는 듯, 익숙한 소음이었다. 그리고 그 소음이 점차 커지며 귀에 거슬릴 정도가 됐을 때 깨달았다.

'아까 들리던 그 소리랑 똑같아.'

그리고 그 소리는 이내 온 방 안을 채울 만큼 커져 나를 짓눌러 왔다. 삑삑삐비빅— 소리만으로도 질식해 죽을 것 같다고 느낄 즈음, 거짓말처럼 툭 모든 소리가 꺼졌다. 그러자 이잉— 하는 이명이 일었다. 귀가 아파 왔다.

그것도 찰나, 잠시 후 치칙거리는 소리와 함께 목소리가 들렸다.

— 너희는 갇혔다. 그 이유는 너희 중에 박현주를 죽인 진범이 숨어 있기 때문이다. 진범이 죄를 고백하지 않으면 바로 이 순간, 너희 중 한 명은 죽는다.

뭐라고? 박현주는 자살했잖아!

내가 무슨 생각을 하고 있는지 빤히 알고 있다는 듯, 목소리가 한번 더 정확하게 내게 읊어 주었다.

— 너희 중에 박현주를 죽인 진범이 숨어 있다. 한태우. 대답해. 박현주를 죽인 게 너야, 아니야?

말도 안 돼. 무슨 개소리야. 난 여기 끌려온 거라고. 협박받아서 온 거라고!

문고리를 잡아 돌리려던 손을 멈춘 채 어디에서 들려오는지 모를 목소리를 향해 허공을 바라보고 섰다. 그리고 외쳤다.

"난 모르는 일이야."

— 대답해. 너야, 아니야?

숨통이 조여 왔다. 마치 박현주의 인영이 눈앞에서 아른거리는 듯한 끔찍한 환상이 들었다. 나는 손으로 맨들거리는 내 목 줄기를 꽉 쥐었다. 목에 걸린 무언가가 금방이라도 꿈틀대며 입 밖으로 토해질 것만 같았기 때문이다.

"죽여 버리고 싶었어."

어째서 그때 본심이 툭, 하고 튀어나가 버렸던 것일까. 나는 정체 모를 존재를 향해 허공을 가르며 다가갔다. 그리고 불길한 예감에 휩싸여 그대로 무릎을 꿇었다.

"하지만."

두 손을 모은 채 애원하듯 말했다.

"그렇다고 정말 죽이진 않았어. 맹세해."

이곳에서 무사히 빠져나갈 수만 있다면 무슨 짓이든지 할 수 있을 것 같다는 생각을 하며.

"진짜야. 정말 난 박현주를 죽이지 않았어."

탓—.

그때 무언가가 날카롭게 몸을 스치는 듯한 기분이 들었다. 뭐지? 고개를 숙이기도 전에 수십 개의 바람 소리와 함께 그 날카로운 느낌이 온몸에 박혀 드는 것만 같았다.

그러고,

그러고 나서는,

굳어 버린 몸을 꼼짝할 수 없어 고개를 두리번거리고 있을 때 열린 욕실 문 너머로 거울에 비친 내 모습의 반쪽이 희미하게 보였다.

지금 내 몸에 박힌 이것들이 대체 뭐지?

그리고 그것이 끝이었다.

더 이상은 아무런 생각이 들지 않았다.

목격자들

"한태우 방에 한번 가 봐야 하는 거 아니야?"

긴장을 푼다는 목적으로 한두 모금씩 홀짝이던 위스키가 어느새 잔의 바닥 즈음에서 찰랑였다. 턱을 괸 라명훈의 말에 아무도 대답하지 않는다. 설명하기 어려운 껄끄러운 감정이 들었기 때문이었다. 두 사람 모두 대답이 없자 라명훈이 한 번 더 둘을 물끄러미 바라보다 이내 주방 의자에서 일어났다. 그리고 뚜벅뚜벅 계단을 향해 걸음을 옮겼다.

"그냥 내버려 둬. 아무나 살인자로 의심하는 놈이잖아."

송준서의 목소리가 불퉁했다.

"경우의 수는 항상 존재하니까. 한태우가 오해한 걸 수도 있지. 어쨌든 그렇지 않아도 2층도 한번 조사해 보고 싶던 참이었어. 방이 여러 개로 나눠져 있더라고. 난 올라가 볼 거야. 강재진 넌? 같이 안 갈래?"

술이 오른 듯 강재진은 컨디션이 썩 좋아 보이지 않았다. 더운지 입고 있던 검은 티셔츠의 목덜미를 잡아당겨 늘린 채로 강재진은 힘없이 손을 흔들어 댔다. 아마도 혼자 다녀오라는 뜻인 것 같았다.

"그럼 내가 갔다 올게."

라명훈이 2층으로 올라서고 잠시 후 "으아아악!" 하는 찢어질 듯한 비명이 이어졌다. 무심하게 잔만 만지고 있던 송준서가 다급하게 미끄러지듯 2층으로 올라갔다. 강재진은 정신이 몽롱한 얼굴로 관자놀이를 꾹 누른 채 자리에서 비틀대며 일어섰다.

"무슨 일……!"

문이 열린 방 안을 확인한 송준서는 질문을 마저 잇지도 못했다. 욱, 곧이어 누군가가 토악질하는 듯한 소리를 냈다. 한태우는, 온몸에 다트 핀을 맞은 채 죽어 있었다. 다트 핀에는 한태우의 더러운 일상이 담긴 사진들이 한 장, 한 장, 꽂힌 채였다.

누군가의 말

혹시 지금 내가 꿈을 꾸고 있는 것일까.

먼지처럼 휘날리는 눈. 하얗게 부유하는 눈방울들이 주변의 색감을 서서히 지워 가고 있었다. 그 가운데에 오직 하나의 존재만이 선명하게 숨을 쉬고 있다. 박현주. 남색 떡볶이 코트를 입은 그녀의 까만 머리카락이 매서운 바람에 세차게 흩날렸다. 현주는 뭔가를 중얼거리고 있었다. 빨간 입술 사이로 흘러나오는 입김이 간헐적으로, 때로는 쉼 없이 연달아 그녀의 얼굴 앞에 녹아들었다.

— 박현주?

말끝을 흐리며 이름을 불러 본다. 작고, 그리 선명하지 않은 음성이었다. 그럼에도 그녀가 돌아본다. 삐걱대는 다소 부자연스러운 움직임과 어울리지 않게 청초하고 싱그러운 미소를 머금은 채였다. 하얀 눈꽃송이 같다, 라는 생각을 함과 동시에 꿈속 화면이 지직대더니 이질적인 소리를 내며 구겨졌다. 거슬리던 파열음이 점차 거세지면서 오감을 불편하게 만들다 곧이어 장면이 바뀌었다.

이번엔 암전 속에서 숨을 헐떡이는 누군가의 음성이 들린다. 꽤나 거친 숨결, 헉헉대는 소리 속에 마치 VR게임을 하듯 눈앞이 흔들리며 화면이 선명해지고 있다. 진짜가 아니라는 걸 알면서도 숨을 들이마시고 다시 내뱉지를 못했다. 내 운동화 코끝이 보였고, 곧이어 그 밑으로 황량한 교정이 펼쳐졌다. 펄럭이는 넥타이. 환상 속 나는 학교 건물 옥상, 그 가파른 난간 위에 올라선 채였다.

한번 들이켜진 숨이 다시 내뱉어지지 못한 채 고여 있어서일까, 명치 끝에서 단단한 아픔이 느껴진다. 현실이 아님이 분명함에도 이렇듯 선명하게 느껴지는 고통이라니.

콜록이며 그 아픔의 멍울을 내뱉기 위해 안간힘을 쓰고 있을 때, 펄럭이던 넥타이 끝으로 무언가가 보인다. 길쭉하고 가느다란, 그리고 파랗다고 여겨질 만큼 새하얗게 질린, 그래, 저건 손가락이다.

그 순간 관자놀이에서 땀이 흐른다. 등이 축축하게 젖을 정도로 온몸에서 열기와 한기가 동시에 온몸을 잠식하고 있었다.

박현주다. 정확히는 옥상 아래 난간을 꽉 붙잡고 있는 박현주의 손가락. 새하얗게 질린 손가락뼈 마디 밑으로 세차게 휘날리는 그녀의 검은 머리칼이 보였다. 박현주의 발밑은 텅 비어 있었다. 그 모든 상황을 깨닫고 비명을 지르기도 전에, 박현주는 고개를 들어 나를 바라본다. 그리고 옅게 입술을 움직여 뭔가를 뻐끔댔다.

— 박현주!

결국 토해 내듯 한마디를 내뱉었을 때, 그녀의 가느다란 손가락은 툭, 이미 난간에서 떨어져 나간 후였다. 내가 뱉은 단말마가 메아리처럼 공기 중을 가득 메웠다.

헉.

마치 악몽을 꾸다 깬 것처럼 감았던 눈이 번쩍 뜨였다. 현실로 돌아오자 현주. 박현주. 꿈속에서 수도 없이 되뇌었던 그 이름이 다시 떠올라 가슴이 옥죄어 오듯 아팠다.

죽은 사람을 떠올리며 살아 있다는 것을 실감하는 것. 그것만큼 불편해지는 것이 있을까. 그리고 앞으로 난 또 얼마간을 편하지 못한 마음으로 살아가게 될까. 그 생각을 하니 가슴 한구석이 더없이 답답해지기 시작했다.

한태우가 죽었다. 지금 나는 그의 시체 앞에 서서 어떤 표정을 지어야 할지 잘 모르겠다.

세상으로부터 영구히 삭제

박현주가 세상을 떠난 건, 6월 모의고사 성적표가 나온 며칠 뒤였다.

추락사로 인한 과다출혈. 재학 중이던 중연고등학교 옥상에서 뛰어내린 그녀는 그 자리에서 그대로 즉사했다.

학생의 죽음은 다른 이의 죽음에 비해 가끔 처절하리만치 심플하게 다뤄지고는 한다. 어떤 전후 사정이 있었는지 개인에게 포커스를 맞추기보다는 결단을 내린 당사자들을 한 다스로 묶어 한꺼번에 판단하고는 했다.

성적 비관으로 인한 비극적 선택.

박현주의 경우에도 마찬가지였다. 공교롭게 그녀는 6월 모의고사에서 평소보다 훨씬 더 엉망인 점수를 받았다. 교사들 모두가 입을 모아 현주의 죽음은 성적 때문일 것이라 이야기했다. 특급 모범생 대우를 받던 학생의 갑작스런 죽음 앞에서 교내 관계자들은 이상하리만치 일관된 태도를 보였다. 동급생들의 반응 역시 크게 다르진 않았다.

— 죽기 전에, 좀 이상한 모습을 보이긴 했어요.

— 맞아요. 평소 같지 않긴 했는데 성적 떨어져서 흑화된 거 아닐까요?

— 무슨 이상한 소문도 좀 돌았잖아. 그거 때문 아니야?

— 야, 그 소문이 진짜였으면 걔가 멀쩡하게 학교를 다녔겠냐? 그거 다 개뻥이야. 성적 땜에 죽은 거라니까.

— 내 말이. 원래 박현주 같은 상위권 애들은 성적 떨어지면 충분히 미칠 만하잖아요. 근데 아저씨, 이거 TV에 나와요?

박현주가 성적 비관으로 인해 자살했다는 근거들이 속속 어렵지 않게 만들어지고 발견됐기에, 그녀의 죽음은 더더욱 간단하게 다뤄지며 모두의 기억 속에서 비교적 빠르게 잊혀 갔다. 딸의 죽음에 의문을 품어 마땅할 박현주의 유일한 보호자, 아버지조차 도움이 되지 못한 탓 역시 컸다. 이 사건에 관심을 갖던 기자가 집에 찾아갔을 때 그는 언제나처럼 알코올 중독 상태로 고꾸라져 잠든 채였다. 그렇게 언론도, 학교도, 세상 모두가 박현주를 지워 갔다.

그녀의 죽음에 대해 불편한 진실을 털어 놓을 만한 사람은 여럿 있었다. 하지만 공교롭게도 그 여럿의 사람이 약속이나 한 듯 모두 입을 꾹 다물었다. 라명훈, 한태우, 강재진, 송준서. 실로 놀라운 공통점이었다.

추론

1층 거실에 모두가 망연자실하게 흩어져 앉아 있다. 시간은 이제 막 새벽 3시를 지나고 있었다.

"경찰에 연락하자."

겁에 질린 얼굴로 생각에 빠져 있던 라명훈이 주머니를 뒤져 핸드폰을 꺼낸다.

"멍청이 같은 짓 하지 마."

그리고 매서운 목소리로 그걸 막아선 건 송준서였다. 그 순간 잠시, 몇 시간 전 112에 전화를 걸려던 자신을 막아선 강재진의 모습이 떠올랐다. 자신이 강재진처럼 굴게 될지는 상상도 못 했던 일이라고 송준서는 생각하고 있었다.

"사람이 죽었잖아. 지금 여기 시체가 있다고!"

"그걸 누가 몰라?"

경찰에 이 모든 사실을 알린다는 건 자신들 또한 위험에 빠질 수 있는 일이라는 걸 송준서는 간파하고 있었다. 하지만 라명훈은 달랐다. 그는 겁에 질려 있었다. 라명훈의 다 마르지 않은 곱슬머리에서 파르르, 물방울 하나가 떨어져 내렸다.

"그게 다가 아니잖아."

"무슨 소리 하는 건데."

"한태우가 죽었어. 우린 셋 다 여기 있었는데."

'그런데?' 하고 되묻기도 전에, 송준서는 온몸에 소름이 끼친다는 듯 양팔로 자신의 몸을 감싸 안았다. 강재진 또한 미간을 좁힌 채 소파에 거의 눕다시피 기대앉아 눈을 꾹 내리 감았다.

"지금 여기에."

"……"

"우리 말고 또 누가 있다는 거야. ……살인마."

라명훈이 덧붙인 마지막 말에 공기가 싸늘하게 얼어붙었다.

"이 안 어딘가에, 한태우를 죽인 범인이 있다고.

그리고 그 사이코패스가…… 결국 우리마저 죽이게 될지도 몰라."

공포에 휩싸인 라명훈이 흐느끼듯 중얼거렸다. 동시에 빗줄기와 함께 번쩍, 번개가 치며 잠시 모두의 표정이 선명하게 비쳤다.

"그럼 어떻게 하자는 거야."

송준서의 말에 한참을 흐느끼던 라명훈이 힘없이 고개를 저었다. 어떻게 해야 할지 도무지 모르겠다는 듯한 표정이었다. 처음 이곳에 들어설 때 보여 줬던 라명훈의 자신만만한 모습은 이미 사라진 지 오래였다.

"생각해 보자."

"……."

"왜 우리한테 이런 일이 벌어진 건지."

송준서는 불안한 듯 연신 안경테를 매만지거나 옷깃을 여미면서도 끊임없이 본능에 지배당하지 않기 위해 애를 쓰고 있었다. 그러나 목소리 끝이 살짝 떨렸고 그럼에도 헛기침으로 그것을 무마시키려 하면서까지 스스로의 정신을 가다듬었다.

"이런 일을 꾸민 범인은, 박현주와 우리에 대해서 많은 걸 알고 있는 사람일 거야. 분명 그렇겠지."

도둑

— 송준서

하지만 누나와 나에 대해서 제대로 알고 있는 사람은 없을 것이다.

그 사고 이후, 나의 인생은 완전히 망가져 버렸고 내가 그로 인해 어떤 매일을 살았는지 아무도 모를 테니까.

그 사고. 머릿속에서 그 단어가 쏟아져 내림과 동시에 눈앞이 새하얘진다. 그리고 갑자기 이 공간에 부유하던 모든 공기가 내 목을 옥죄어 오기나 하는 것처럼 숨이 가빠지기 시작했다.

박현주. 내 하나뿐인 쌍둥이 친누나. 우린 부모님의 이혼으로 인해 어린 시절부터 떨어져 살았지만, 그녀가 내 피붙이인 점은 지랄 맞게도 변하지 않았다. 부모님이 이혼한 데에는 여러 가지 이유가 있었지만 그중 가장 결정적인 것이 '그 사고'로 인한 나의 후유증 때문이었다.

세 들어 살던 낡은 집에 가스가 샌 건, 초등학생 때였다. 그때까지 누나는 내 전부이자 영웅이었다. 선천적으로 몸이 약하게 태어난 나와 달리, 건강하고 잘하는 것도 많은 누나는 내 선망의 대상일 수밖에 없었다. 나는 누나처럼 되고 싶었다. 적어도 그 일이 있기 전까지는 그랬다.

가스가 새던 그때, 누나와 나는 집 안에 단둘뿐이었다. 나는 감기 때문에 약을 먹고 금방이라도 잠이 들 듯 누워 있었고 누나는 숙제를 하고 있었다. 그러다 난 정말 잠이 들었고, 누나는 날 버리고 혼자 도망쳤다.

그날 이후 나는 박현주를 이렇게 정의했다.

내 인생의 도둑. 내 모든 걸 뺏어 간 사람.

그래, 그것 외에는 더 설명할 말이 없다. 생명이 탄생된 그 순간부터, 나를 짓누른 채 엄마의 양분을 더 많이 뺏어 가던 옆자리의 존재. 태어난 후에는 사람들의 모든 관심과 사랑, 칭찬을 독차지하며 내 존재를 지워 버린 사람. 그리고 어린 시절, 혼자만 살기 위해 자고 있던 나를 방 안에 가둬 두고서 도망친…… 악마 같은 인간.

'솔직히 정말 죽이고 싶었어. 박현주가 이렇게 죽지 않았다면 결국 언젠가는 내 손으로 죽여 버리고 말았을 거야.'

이미 망자가 되고 없는 누나에 대한 마음을 더 이상은 꾸며 낼 이유도, 여력도 없다. 나는 긴 시간 생각하고 있던 내 마음의 진실을 스스로 곱씹으며 어쩐지 홀가분해진 기분을 느꼈다.

— 준서야. 항상 널 위해서 기도할게.

— 난 네 편인 거 알지?

거짓말. 가식. 동정.

그래, 동정이고 연민이다. 박현주가 나를 바라보던 시선은.

원하던 걸 늘 손쉽게 얻는 자만이 기꺼이 시선을 내리깔 수 있는 여유.

박현주가 나에게 보낸 가증스러운 마음들은 모두

그것에 기인한 것이었어.

'결국 이 모든 건 박현주 잘못이야.'

나한테서 모든 걸 빼앗아 간 건 결국 누나잖아? 그런 상대를 증오하지 않을 사람이 과연 세상에 존재할까?

알계*로 분이 치밀 때마다 저주 DM을 보낸 것도 그 이유 때문이었다. 처음에는 하루에 다섯 개 보내던 게 다음날에는 열 개, 스무 개로 늘어나는 걸 볼 때마다 느꼈다. 내가 이렇게나 누나를 싫어했구나. 박현주를 죽여버리고 싶었구나.

— 준서야, 누나가 정말 죽었으면 좋겠니?

스크롤이 끝을 모르고 깊어질 때쯤 박현주에게서 답장이 왔다. 정체 모를 알계에게 보내는 답이었지만 누나는 분명하고 똑똑하게 '준서야' 하고 내 이름을 부르고 있었다. 그게 더 소름 끼쳤다. 차라리 내 뺨을 후려치며 개새끼라고 욕을 하지, 박현주는 끝까지 착한

* SNS에서 알 모양의 기본 프로필 사진을 가진 익명의 계정.

척을 하고 있었어. 당장이라도 그 얼굴에 침을 뱉고 싶었다. 그마저도 결국 며칠 후 박현주가 자살해 버리는 바람에 실행할 수 없었지만.

생각에 잠겨 있을 때, 옆에서 풀썩, 뭔가가 쓰러지는 소리가 난다. 고개를 돌리니 강재진이 눈을 감은 채 소파에 모로 누워 있었다.

"술 취했나? 야, 강재진."

"그냥 둬. 어차피 도움도 안 될 텐데."

라명훈이 강재진의 몸을 흔드는 것을 저지했다. 쓰레기 같은 박현주를 추앙하는 강재진이야말로 쓰레기 중 쓰레기일 뿐이다.

내 말에 가만히 강재진을 내려다보던 라명훈이 알 수 없는 표정을 지었다. 그리고 말없이 고개를 돌려 창밖을 살폈다. 여전히 비는 쏟아지고 있었지만 아까보다는 소강상태에 접어든 것처럼 보였다.

"비가 약해진 것 같으니까 좀 둘러보고 올게. 가능하면 바깥도."

"괜찮겠어?"

"남아 있는 사람 중에 누군 해야 될 거 아니야."

라명훈의 시선이 늘어진 강재진을 향해 있다 나에게 꽂혔다. 그리고 이내 작게 한숨을 내쉬며 고개를 돌렸다. 고작 박현주 하나 이겨 보려고 답안지까지 돈으로 산 새끼가 날 무시해? 욱하는 마음이 치밀었지만 안경을 매만지며 겨우 마음을 진정시킨다. 이유야 어쨌든 내가 위험한 상황에 놓이는 것보다야 훨씬 나으니까.

나는 피곤한 눈가를 손으로 꾹 누르며 라명훈을 향해 손짓했다. 어쩐지 몸이 노곤해지는 기분이다. 날씨 탓인가. 상황 탓인가. 아니면 타는 듯한 술을 목구멍으로 흘려 보냈던 탓일까.

불청객

집 안을 꼼꼼히 탐색해 본 결과 이 안에는 세 사람, 그리고 한태우의 시체만 존재한다는 것이 밝혀졌다. 그렇다면 이 모든 일을 벌인 범인, 그는 지금 집 밖에 있는 것이다. 어쩌면 바깥에서 아주 면밀히 이 모든 상황을 지켜보고 있을지도 모르겠다. 결론이 거기에 다다르자 도저히 집 안에서 궁지에 몰린 토끼처럼 숨어만 있을 수는 없는 노릇이었다.

"갔다 온다."

라명훈이 대답 없는 말을 내뱉은 후 밖으로 나섰다. 그리고 그렇게 10여 분 정도의 시간이 흘렀을까. 검은 우비에 비를 잔뜩 덮어쓴 채 그가 거실로 뛰어 들어

왔다. 그리고 미친 사람처럼 집 안의 모든 걸쇠를 안에서부터 잠그기 시작했다.

"야, 왜 그래!"

모두가 모여 있는 공간으로 돌아온 라명훈은 넋이 나간 얼굴을 하고 있었다.

"바깥에, 진짜 누가 있어."

라명훈은 그 말을 내뱉고 쓰러지듯 무릎부터 무너져 내렸다.

"누구, 누군데! 얼굴 봤어?"

"거, 검은 망토. 창문 밖에서, 이쪽, 이쪽을 보고 있었어."

라명훈의 이가 겁에 질려 딱딱 부딪힌 채 떨리고 있다. 검은 망토? 씨발, 13일의 금요일도 아니고. 송준서가 어금니를 부득 부딪히며 낮게 욕설을 읊조린다. 그 옆에서 강재진은 여전히 잠에 빠진 채 불편하게 목을 긁어 대고 있었다.

뭔가에 홀려 있는 듯하던 라명훈은 곧 정신을 되찾고 자리에서 벌떡 일어났다. 그리고 바깥을 볼 수도, 바깥에서 안을 볼 수도 있는 창문이란 창문에는 모조리 커튼을 치기 시작했다.

"어쩌면 다 죽일지도 몰라."

집 안의 모든 불을 껐다. 암전 상태에 커튼까지 치고 나니 방금까지 밝았던 공간에 순식간에 질식 같은 어둠이 드리웠다.

"너무 어두운 거 아냐?"

송준서가 앞을 확인하기 위해 핸드폰 플래시를 켜자,

"핸드폰 플래시도 다 꺼!"

라명훈이 신경질적으로 외치며 송준서의 핸드폰을 획 빼앗아 갔다. 그러고는 소파에 드러눕듯 주저앉아 눈을 감고 있는 강재진에게까지 가서 굳이 주머니에 들어 있던 핸드폰을 수거했다.

"작은 빛이라도 들키면 안돼. 우리 움직임을 파악하게 하지 말아야 한다고."

"그럼 이 껌껌한 데서 아침 될 때까지 가만히 앉아 있기만 하자는 거야?"

"끝이야, 이제."

"뭐?"

"완전히 말렸다고, 변태 살인마 새끼한테."

신경질적으로 혼잣말을 중얼대며 초조하게 손톱

을 씹던 라명훈이 몸을 일으켰다.

"촛불이 있을 거야. 잠깐만 기다려."

반격
—라명훈

완벽한 어둠도 인간의 눈에 적응이 되면 결국 불완전한 것이 된다. 더듬더듬 벽을 짚은 채 주방으로 향한 나는 촛불과 라이터를 찾아내 다시 아이들이 모여 있는 곳으로 돌아왔다. 플래시를 켰을 때에 비해 제대로 보이지는 않지만 시각이 약해진 대신 다른 감각들이 몇 배로 열일을 한다. 숨소리, 옷자락이 부딪히는 소리 등으로 나는 주변 아이들의 흔적을 눈치챘다.

달칵,

라이터를 켜 초에 불을 붙이자 일시적으로 눈앞이 뿌얘졌다 다시 원래대로 돌아온다.

"괜찮아?"

촛불을 손에 든 채 얼굴을 비춰 보는데,

어?

강재진이 사라졌다.

"강재진, 어딨어?"

심장이 선뜻해졌다. 서둘러 몸을 일으키려던 찰나, 고개를 돌리던 내 코앞에 누군가가 서 있었다.

윽,

그 순간 누군가가 뭔가로 내 머리를 후려쳤다. 마지막으로 보인 것은 입에 거품을 문 채 보드를 들고 있는 강재진의 얼굴이었다.

* * *

여기가 지금 어디지, 하는 생각이 듦과 동시에 나는 내 의식이 돌아왔음을 깨달았다. 정신이 깨워지자 몸이 곧바로 반응한다. 몸의 어떤 곳이든 움직여 보려 힘을 주자 끼익, 낯선 소리가 들려왔다. 무슨 소리지? 팔을 움직이자 난 소리 같다. 이번에는 다리에 힘을 주자 끼익, 아까 것과 비슷한 소리가 한번 더 난다.

왜, 몸이 전혀 움직여지지 않지?

그 순간 묵직한 무언가가 느껴졌다. 이질감이 든다. 몇 번이나 눈을 감았다 뜨며 어둠 속에 익숙해지려 노력하자 그제야 철제 싱글 침대의 기둥에 팔과 다리가 묶여져 있는 것이 보였다.

내가 결박돼 있다는 것을 알아채자 심장이 미친 듯이 방망이질치기 시작한다. 축축하게 젖은 앞 머리칼을 타고 한 번 더 땀방울이 날렸다. 붙잡혀? 내가? 왜?

비슷한 장면이 나오는 공포영화를 본 적이 있다. 이런 경우, 십중팔구 주인공은 악당에게 붙잡혀 온 채 죽기 직전의 상황이다. 이럴 때 주인공은 어떻게 했지? 미친 듯이 집중한다. 그래, 어떻게든 빠져나가야 돼. 그렇지 않으면 죽는다. 내 오감이 뇌에게 그렇게 외치고 있었다. 지금 이 상황이 지극히 비상사태라는 걸 그저 본능이 느끼고 있는 것이다.

그물에 걸려든 물고기처럼 온 힘을 다해 이곳에서 벗어나기 위해 몸부림을 쳐 본다. 생과 사의 경계. 눈에 보이지 않는 그 허망한 틈 사이에 금방이라도 발이 빠져 버릴까 나는 온 힘을 다해 몸을 비틀어 댔다.

딸깍.

매트리스가 튕기는 음과 철제 침대의 기둥이 움직이며 만들어 내는 듣기 싫은 소음 사이로 선명하게 문고리 돌리는 소리가 들렸다. 곧이어 흐릿한 불빛들이 가까워지는 것이 보였다. 뜨끈하고 비릿한 불 냄새 같은 것 역시 얼굴 위로 훅 끼쳐 왔다. 꼭 공기에 취하는 것만 같은 느낌이었다.

"……너희 뭐하는 거야."

제일 먼저 나와 눈이 마주친 것은 강재진이었다. 두툼하고 기다란 보드로 내 머리를 후드려 갈기던 그 강재진. 그의 손에는 촛불이 붙은 촛대가 들려 있었다. 그리고 그 뒤로는 미간을 찌푸리고 있는 송준서.

분명히 이 자식들이 날 가둔 거야. 몸에 독기가 바짝 서린다. 힘주어 팔을 묶은 끈을 잡아당긴 탓에 팔목이 시큰거렸다. 아마 깊은 자국이 났을 것이다. 하지만 덕분에 녀석들을 자극하듯 철제 침대에서 끼익, 한 번 더 듣기 싫은 소음이 났다.

"당장 풀어 줘."

"……."

"빨리 풀어 달라니까!"

일부러 과격하게 몸을 움직여 분위기를 주도하자

송준서가 움찔하며 시선을 피했다.

"강재진. 이거 너무 섣부른 거 아니냐?"

"말했잖아. 저 자식이 일부러 그런 거야, 나한테."

송준서의 말을 끊으며 강재진이 냉정하게 나를 노려봤다.

"아까 그 위스키, 자몽즙 첨가된 거더라? 나, 알레르기 있어. 자몽 알레르기. 조금만 더 마셨으면 난 그 자리에서 바로 죽었을 거야."

"그래서 지금 내가 너한테 일부러 그걸 먹였다는 거야?"

"1층 주방 선반에는 술이 수십 병 있어. 그런데 하고 많은 것 중에 굳이 그걸 찾아온 이유야 뻔하잖아. 날 죽이려고 한 거라고, 저 새끼가."

"야 강재진. 너 미쳤어? 내가 네 알레르기 따위를 어떻게 알아!"

강재진의 추리가 기막혔다. 그 뒤에 감춰 있는 녀석의 피해의식은 질릴 정도였다. 나 또한 금방이라도 잡아먹을 듯 녀석을 노려보다 이내 한숨을 쉬며 부탁조로 이야기했다.

"전부 예민해진 상황이라 오해가 생길 순 있다고

생각해. 하지만 난 정말 아니야. 내가 너한테 그럴 이유가 뭐가 있겠냐?"

그 말에 송준서가 동요했다. 그리고 강재진을 설득하기라도 하듯 그의 어깨 위에 손을 올렸다.

"야, 강재진."

"날 죽이려고 했다니까 저 새끼가!"

강재진의 포효가 이어졌다. 기세가 어찌나 강했는지 송준서가 주춤할 정도였다. 그때 힘을 주며 덜컹이던 팔목에 약간의 변화가 느껴졌다. 최대한 소리 나지 않게 다시 한번 포승 줄을 느슨하게 늘려 보니 분명히 틈이 생겼다.

어쩌면, 내 힘으로 빠져나갈 수도 있겠어.

"너한테는 그렇게 받아들여질 수도 있었다고 생각해! 그치만 라명훈도 모르고 한 일이잖아. 재 말에 설득돼서 술을 마신 건 우리 선택 아니었어? 그리고 생각해 봐. 라명훈이 널 술로 어떻게 할 생각이었으면 아까 우리 다같이 있을 때, 그때 꼼수를 부렸겠지."

옳지, 잘한다. 잘난 척이 영 거짓은 아니었나 보다. 나를 변호하고 나서는 송준서의 말을 들으며 나는 계속해서 팔목과 발목을 돌려 포승 줄을 느슨하게 만들고 있었다. 오른쪽 팔에 이어, 왼쪽 팔. 그리고 오른쪽 발목까지 어떻게 빠져나와 볼 수 있을 만한 틈이 생겨났다.

"니 일 아니라고 태평하다 이거냐!"

강재진이 두 주먹을 꽉 쥐는 게 보였다. 그리고 목덜미에 희미하게 남은 상처를 한 번 손등으로 슥 문질렀다.

흐릿한 불빛 너머 강재진의 주먹이 파르르 떨렸다. 그래, 잘하고 있어. 조금만 더 싸워라. 나한텐 시간이 더 필요하니까.

스윽.

그 순간 드디어 왼쪽 발목에서도 느슨한 틈이 생겨났다. 정신을 차리고 눈을 뜬 이후 미친 사람처럼 줄을 잡아당겼던 게 쓸모없는 행동은 아니었던 것 같다. 나는 두 사람이 눈치채지 못하게 발끝에 힘을 주고 발등을 최대한 눕힌다. 그리고 천천히 발목부터 포승줄에서 빼기 시작했다. 절대 들켜선 안돼. 내 머릿속에는 온통 그 생각뿐이었다.

"라명훈 풀어 주자."

강재진을 회유하는 송준서의 마지막 말. 그것이

신호탄이 되어 어느새 팔다리가 전부 자유로워진 난 무작정 몸을 일으켜 열린 방문을 향해 뛰쳐나갔다.

윽!

예상치 못한 때에 일격을 당한 두 놈들은 방바닥에 나동그라지거나 벽에 몸에 부딪히며 한순간 허물어져 내렸다. 그 틈을 놓치지 않고 나는 재빠르게 계단을 향해 뛰었다. 여전히 캄캄했지만 어느 정도 어둠이 눈에 익자 몸을 움직이기에는 크게 어렵지 않았다.

"저 새끼 잡아!"

등뒤로 강재진의 째진 목소리가 들려오기 시작했다. 우당탕탕, 소리와 함께 들고 있던 촛불이 거세게 흔들린다. 나는 재빠르게 1층으로 뛰어 내려가 주방으로 달렸다. 그리고 식탁 밑에 몸을 숨긴다.

"저쪽이야!"

젠장. 공교롭게도 목소리가 점점 더 가까워진다. 빨리 방법을 찾아야 한다. 그때 내 눈에 뭔가가 들어왔다. 거무죽죽한 것들이 시체처럼 팔다리를 축 늘어뜨리고 있는 저것. 그래, 바로 저거야.

독 안에 든 독

송준서는 처음부터 강재진의 의견에 자기중심적인 피해의식이 깔려 있다고 생각했다. 그럼에도 불구하고 강재진의 말을 따랐던 건, 어느 하나 진실을 예측하기가 어려웠기에 모든 가능성을 열어 두자는 생각 때문이었다. 다급한 상황이 솔직하게 한몫했다. 그래서 어쩌면 위험인물일지도 모르는 라명훈을 일단은 결박해 두자는 데 동의한 것이다. 하지만 그럼에도 불구하고 여전히 논리적으로 머릿속에서 해결되지 않는 바들이 있었다.

직접 묶겠다고 나서서 라명훈의 팔다리를 결박하면서도 송준서의 마음은 계속 혼란스러웠다. 그래서였을 거다. 꽉 묶고 있다고 대답하면서도, 자신도 모르게 마지막 순간에 포승 줄을 슬쩍 느슨하게 풀어 버렸던 것은.

"왼쪽이야. 주방 쪽!"

성큼성큼 달려 식탁 쪽으로 뛸 준비를 하던 재진이 자신을 서포트해 달라는 의미로 송준서를 향해 소리쳤다.

으악!

강재진에게서 비명이 쏟아진 것은 그때였다. 묵직한 고무 슈트를 말려 놓은 대형 빨랫대가 우르르 무너지며 강재진을 덮쳤다. 그 바로 뒤로 달리던 송준서 역시 하마터면 재앙을 피하지 못할 뻔했다.

"후, 이제야 좀 살겠네."

강재진이 슈트 무덤에 깔린 것을 확인하고 나서야 숨어 있던 라명훈이 손을 털고 밖으로 나섰다.

"윽, 미친. 라명훈! 이거, 컥, 안 치워?"

"난 분명히 말했어. 일부러 너희한테 술 먹일 이유 없다고."

"허윽, 헉, 송준서! 나 좀, 욱, 도와줘."

슈트 수십 벌과 대형 빨랫대가 몸을 짓누르자 도

저히 움직일 수가 없었다. 강재진은 누워 있는 자세로 고개만 거꾸로 들어 시뻘건 눈으로 송준서를 올려다보고 있고, 송준서는 이러지도 저러지도 못한 채 곤란한 표정으로 턱을 쓰다듬고 있을 뿐이었다. 강재진의 입에서는 콜록대며 하얀 거품이 뿜어져 나오고 있었다.

"송준서."

"……."

"너도 피곤한 일에 휘말리고 싶어?"

라명훈의 지친 목소리가 그 사이를 파고들었다. 그가 끝까지 촛대를 놓지 않고 있는 강재진의 손을 우지끈, 짓밟자 비명 소리와 함께 재진이 촛대를 놓쳤다. 어느새 촛불은 꺼져 잔 연기만 희뿌옇게 날리고 있었다. 치익, 라명훈이 주머니에서 라이터를 꺼내 촛대에 다시 불을 붙이자 불빛이 일렁이며 그의 무표정한 얼굴이 드러났다.

"난 아무 죄도 없는데, 너희가 날 너무 피곤하게 만드네."

그 순간 강재진이 송준서를 향해 눈짓을 했다. 망설이던 송준서가 천천히 옆에 세워져 있던 튼튼한 보드 쪽으로 손을 옮겼다.

"더는 피곤하게 만들지 마. 다같이 힘을 모으면 빨리 해결할 수도 있었잖아!"

라명훈에게서는 쇳소리가 났다. 조곤하게 달래는 듯한 음성을 내다가도, 분에 사무쳐 참을 수가 없다는 듯이 파괴적으로 폭발하기도 했다. 명훈이 감정을 다스리는 그 순간을 송준서는 놓치지 않았다. 순식간에 보드를 끌어안고 "으아아아아!" 하는 괴성과 함께 라명훈에게 달려들었다.

보드의 뾰족한 노즈 부분이 정확히 라명훈의 배 쪽을 향한다.

"컥!"

하지만 비명을 내뱉은 것은 라명훈이 아닌 송준서였다.

"진짜 끝까지 어이 없네."

라명훈의 손에는 딱딱한 뭔가가 들려 있었다. 보드를 매끈하게 글라싱하는 도구였다. 하지만 지금 본래의 용도와 달리 그곳에는 끈적한 송준서의 피가 묻어났다. 단단한 도구에 이마가 깨진 송준서는 그 자리에 그대로 널브러진 채 뒹굴고 있었다.

"대체 왜 날 공격하려고 하는 거야. 어? 대체 왜?"

"……."

"난 정말 너희를 이해할 수가 없다."

긴 한숨을 내쉰 라명훈이 신경질적으로 침을 모아 가래 뱉듯 바닥에 토해 내며, 슈트 더미에 깔린 강재진과 송준서 사이를 느릿하게 걸어갔다.

"나야말로 이제 더 이상 너희를 신뢰할 수가 없어. 싸패를 찾아내든, 한태우처럼 뒤지든 이제 너휜 너희 맘대로 해. 나도 내 방식대로 할 테니까."

계단 쪽으로 향하기 전, 주방으로 걸음을 옮긴 라명훈의 손에서 곧이어 무언가가 빛났다. 어둠 속에서 유달리 반짝이는 그것은 누가 봐도 칼이었다. 자신은 이제 자신의 방식대로 하겠다는 라명훈의 말은 진심이었던 것이다.

그 순간 송준서는 입술을 깨물었다. 괜한 오해였던 걸까? 도무지 말끔하게 개지 않는 머릿속을 정리하려 노력하며 송준서가 묵직한 슈트 더미에 깔린 강재진을 꺼내기 위해 그에게 다가갔다. 그러고 발끝으로 강재진이 깔려 있는 슈트들을 걷어 내기 위해 툭 찼다.

"강재진. 일어나! 일어나라니까?"

라명훈마저 독자노선을 걷겠다고 선언한 바, 이제

송준서에게 남은 건 싫으나 좋으나 강재진뿐이었다. 그런데 강재진에게서는 더 이상 어떤 반응도 흘러나오지 않았다.

"야, 강재진!"

몇 차례 더 불렀음에도 대답이 없자 가슴이 철렁 내려앉았다. 몸을 조금 수그리자 이질적인 느낌이 훅 끼쳐 왔다. 송준서는 자기도 모르게 뒷걸음질을 치다 이내 발에 좀 더 힘을 줘 강재진의 목 쪽을 깔아뭉개고 있던 맨 위의 슈트를 겨우 반 정도 비껴 냈다.

'왜 이렇게 안 떼어지지?'

하지만 아무리 애를 써도 그 이상은 꿈쩍도 하지 않았다. 강재진의 피부에 찰싹 달라붙은 고무 슈트들. 그 표면에 묻은 끈적한 점액체가 마치 낙지의 빨판처럼 강재진의 살갗에 딱 달라붙은 채 그를 삼켜 대고 있었다. 정신 차리라니까! 찢어질 듯 공기를 가르는 송준서의 외침에도 강재진의 얼굴은 이미 새파랗게 질린 채 눈을 뜨고 생명을 빼앗긴 모습이었다.

"어떻게 이런 일이……."

당황한 송준서가 이마를 짚은 채 휘청일 때 뒤에서 누군가의 목소리가 들렸다.

"어떻게긴. 그래도 마땅했잖아. 강재진은."

익숙하다. 가슴이 서늘해졌다.

"어떻게 생각해. 송준서 너는, 네가 죽어 마땅하다고 생각해. 아니면 살아야 한다고 생각해?"

돌아본 곳에는 여유로운 표정으로 송준서에게 칼끝을 겨누고 있는 라명훈이 서 있었다.

The last

"난 너도 이쯤에서 죽어 줘야 그림이 멋지다고 생각하는데."

라명훈의 목소리가 차가웠다. 그는 칼을 쥐고 있지 않은 반대편 손으로 한태우의 캠코더를 들고 있었다. 그 안의 화면들은 여전히 모든 것을 녹화하고 있었다.

"너…… 라명훈 너…… 네가."

"쓸데없는 질문은 받지 않는다. 지금부터 난 너한테 퀴즈 몇 가지를 낼 거야. 모든 퀴즈의 정답을 맞히면 넌 이곳을 빠져나갈 수 있어. 하지만 그게 아니라면, 뭐, 상상은 너한테 맡길게."

"나한테 이러는 이유가 뭐야!"

"첫 번째 퀴즈."

핏대를 세우며 울부짖는 송준서의 목소리는 깡그리 무시한 채 라명훈이 여전히 칼을 겨누고 송준서에게 한 발 다가섰다.

"박현주의 죽음이 정말 자살일까?"

"난, 몰라, 아무것도."

"그게 네가 생각하는 답인가?"

"모른다고!"

탓! 그때 라명훈이 들고 있던 칼이 송준서의 곁에 날아와 그가 서 있던 바로 옆 기둥에 가 박혔다. 그대로 굳어 버린 송준서는 한참 동안이나 말을 잇지 못한 채 얼음이 되었다. 그리고 비로소 상황의 심각성이 파악되는지 마른침을 몇 번이나 삼키고 나서야 겨우 곁눈질로 자신의 옆에 와 박힌 칼을 살펴봤다.

"두 번째 퀴즈."

"라명훈!"

"너의 친누나인 박현주는 너를 진심으로 사랑했을까?"

쿵, 그 순간 송준서의 가슴 안에서 뭔가가 박살 나는 소리를 내며 떨어져 내렸다. 버석, 부서지는 송준서의 표정을 바라보며 라명훈이 품에서 주머니칼을 꺼냈다.

"네가 그걸 어떻게…… 박현주를 어떻……."

"대답."

"……아니, 절대로 사랑하지 않았지. 날 죽이고 싶어 했으니까."

탓! 몇 걸음 더 송준서에게 다가선 라명훈이 이번엔 아까보다 더 가까운 곳으로 주머니칼을 던졌다. 그 역시 송준서를 위협하며 그의 바로 근처에 가 박혔다.

"씨발, 나한테 왜 이래 진짜!"

아무도, 아무것도 송준서를 결박하지 않았지만 송준서는 완전히 궁지에 몰린 꼴이 되고 말았다. 결국 쓰고 있던 안경을 벗어 던진 채 송준서가 쪼그리고 앉아 손톱을 깨물기 시작했다. 그 모습이 마치 일곱 살 어린애 같았다.

"그럼 넌? 너는 박현주를 진심으로 사랑했어?"

"……넌 아무것도 몰라. 네가 나였어도, 박현주를, 진심으로 사랑할 순 없었을 거야. 절대로."

"대답이나 해."

"대답, 못 해."

이를 딱딱 부딪히며 송준서는 울고 있었다. 라명훈은 이제 완전히 빈손이 됐지만 송준서는 영혼의 꼭대기까지 겁에 질린 채 몸을 떨어 대고 있다.

"너는 세 번의 기회 모두 잃었다."

라명훈이 점차 그에게 다가섰다. 송준서는 금방이라도 그가 자신을 해할까 무릎을 끌어안은 채 고개를 숙였다.

"걱정 마. 다른 애들처럼 잔인하게 대하진 않을 테니까."

작게 속삭인 라명훈이 마치 쓰다듬듯 송준서가 주저앉은 기둥 쪽으로 손을 내밀었다. 송준서는 두 눈을 꾹 감았다. 그 순간 피슉— 하는 소리와 함께 작은 소음이 일었다. 라명훈이 누른 것은 기둥에 튀어나와 있던 작은 버튼이었다.

평범하던 거실의 공간 구석구석에서 희뿌연 연기가 뿜어져 나오기 시작했다. 그 순간 오랫동안 묵혀 왔던 기억이 차갑게 송준서의 뇌리를 스친다. 이 감각은 분명, 느껴 본 적 있는 것이었다.

"우욱."

송준서가 토악질을 시작했다. 신물만 쏟아지는 와

중에 온 얼굴이 따갑고 매워지며 숨을 쉴 수 없을 만큼 호흡이 거칠어졌다. 그런 송준서를 바라보며 눈앞의 라명훈은 아주 태연하게 품에서 뭔가를 꺼냈다.

……방독면!

그것을 본 순간 송준서는 라명훈이 무슨 일을 벌였는지 비로소 눈치챘다.

"나쁜 아이는 벌을 받아야지, 준서야."

"……라명훈 너……."

"잘 가라, 변명은 지옥에서나 해."

희뿌연 연기가 점점 더 거실을 가득 메웠다. 유유히 방독면을 쓴 라명훈은 송준서가 쓰러진 모습을 감상하듯 끝까지 눈을 떼지 않은 채였다. 어렸을 적, 송준서에게 폐병을 안겨 줬던 바로 그 가스. 송준서는 이번에야말로 그것에 완전히 잠식된 채 천천히 눈을 감았다.

Burn out

어제 양양에서 발견된 시신은 열여덟 살, 라모 군으로 밝혀졌습니다. 라모 군은 '연우식품' 라성철 회장의 차남으로서, 친구들과의 여행을 위해 양양으로 떠났던 것으로 알려졌는데요. 신원을 알아볼 수 없게 얼굴을 심각하게 훼손시킨 점, 금품이나 귀중품은 그대로 둔 점 등을 감안했을 때 아무래도 원한에 의한 살해가 아닌지 경찰은 추측하고 있습니다. 지금까지 ytm 기자…….

라명훈, 아니, 하룻밤 동안 라명훈의 탈을 썼던 나는 지금 소파에 기다랗게 기대 TV로 양양 살인 사건의 실체가 밝혀지는 것을 직접 목격 중이다.

'벌인 짓에 비하면 이 정도는 양반이지.'

한태우, 강재진, 송준서를 덫에 걸려들게 하기 전, 나는 제일 먼저 라명훈을 처치했다. 박현주의 그림자에 밀려 가장 비겁한 열등감에 시달렸던 존재. 그는 박현주를 이기기 위해 돈으로 선생을 매수하는 것도 모자라, 결국 그녀를 제거해 버릴 계획까지 세웠던 최악의 캐릭터였다.

— 선생님, 나중에 답안지 교체 한 번만 해 주시면 안돼요? 아니면 그냥 아예 전날 밤에 답을 저한테 다 알려 주셔도 좋고요. 제가 엄마한테 선생님 잘해 드리라고 말씀드릴게요. 곧 결혼하신다면서요.

— 윤 선생님, 우리 명훈이 좀 잘 부탁드려요. 애가 현준가 하는 애한테 밀려서 기가 팍 죽었어. 사내애가 여자애한테 밀리면 모양새가 좀 그렇잖아. 호호호.

— 현주야, 미안하다. 이번 장학금, 다른 애한테 가기로 했어. 네가 사정 좀 이해해 주렴. 응?

— 야, 박현주. 너 죽다 살아났다며? 중요한 시험 앞두고 아주 버라이어티하다? 어때, 병원에 실려 가 보니까 정신이 좀 들어?

— 아들, 엄마가 시킨 대로 잘했지? 겉으로 보기엔 그냥 티백 같아서 아무도 눈치 못 챌 거야. 엄마가 증거 안 남는 걸로 확실하게 챙겼으니까 우리 아들은 아무것도 걱정하지 마. 알았지?

— 그년이 뒤졌어야 완벽하게 마무리가 되는데 쯧. 어떻게 해 엄마? 한 번 더 해?

그리고 결국 현주를 극단적인 상황으로까지 몰고 갔던 범인.

— 내가 진짜 죽게 돼도, 너는 절대 내 자리 차지 못 해.

— 찌질한 마마보이 새끼.

박현주가 늘 들고 다니던 노란색 텀블러에는 'HJ'라는 이니셜이 각인되어 있었다. 그것을 눈여겨본 라명훈이 그 안에 든 티백을 몰래 바꿔 놓은 것을 현주가 눈치챈 날, 그녀는 여느 때처럼 자신의 텀블러에 가득 담겨 있던 뜨거운 물을 그대로 라명훈의 머리 위에 부었다. "아아아악!" 라명훈은 미친 듯이 소리를 지르며 그대로 박현주에게 달려들었고, 박현주 또한 지지 않고 두 손으로 라명훈의 목을 조르며 달려들었다.

동급생들이 모두 지켜보는 복도 한복판에서였다.

그날 이후, 학폭위가 열렸고 박현주는 가해자로, 라명훈은 피해자로 이름을 올렸다. 박현주는 출석 대신 근신을 택했다. 그리고 얼마 지나지 않아 그녀는 자살했다.

박현주의 죽음이 묻혀 가던 어느 날, 라명훈은 클럽을 빌려 파티를 열었다고 했다. 이제 온전히 자신의 세상이 온 것을 자축하기 위해. 인간이라 불리기에도 아까운 새끼였다.

좀 더 깊은 곳에 묻을 걸 그랬나, 생각보다 쉽게 시체의 정체가 파악되어서인지 괜한 아쉬움이 들었다.

창밖을 보니 어느덧 동이 터 올 무렵이다. 비는 여전히 그치지 않고, 태풍은 며칠 더 이쪽에 머물 것처럼 보이지만 시체의 정체가 밝혀졌으니 이제 수사망도 점점 좁혀 올 게 뻔했다. 되도록 빨리 이곳을 떠나는 게 좋다.

핸드폰을 꺼내 들고 현주의 인스타그램 계정에 접속했다. 그리고 얼마 전부터 죽은 현주를 대신해 운영해 오던 계정에 다시금 글을 남긴다.

— 미션 석세스.

묵직한 문을 열고 밖으로 나서자 짭짤한 바다 냄새가 코끝을 찔렀다. 어슴푸레한 빛 아래에서 거칠게 파도를 털어 대는 바다를 보자니, 언젠간 꼭 함께 바다를 보러 가자던 현주의 얼굴이 떠올랐다.

— 해율아. 내 꿈이 뭔 줄 알아?

— 글쎄. 의사 되는 거? 아님, 미국으로 대학 가는 거?

— 아니. 바다 위를 떠다니는 거.

— 뭐라고?

— 농담 아니야. 자유롭고 편안하게 파도를 타고 멀리멀리까지 가는 거. 그게 내 꿈이야. 나 아직 한번도 바다엘 못 가 봤거든.

— 그럼 우리 이번 방학에 서핑이라도 배우러 갈까? 요즘 양양 같은 데에 서핑 교습소도 많다던데. 간 김에 바다도 보고.

— 그래, 그럴 수만 있다면……. 아, 진짜 그럴 수 있음 좋겠다. 나 바다 진짜 좋아하거든. 근데 이제 사진으로만 보는 거 말고 내 손으로 직접 한번 느껴 보고 싶어.

현주와 나는 청소년 가정폭력 피해자 자녀 커뮤니티에서 만났다. 카페의 가장 구석에 모자를 푹 눌러 쓰고 앉아 있던 내게 먼저 다가왔던 것이 현주였다.

— 장해율, 이름 예쁘다.

현주는 아마 모를 것이다. 내 이름이 예쁘다 말해줬던 그날의 현주 목소리가 내겐 더 아름다웠다는 걸. 그리고 이 또한 모르겠지. 내가 처음으로 현주를 알게 된 건, 사실 그날로부터 훨씬 이전이었다는 걸.

현주는 내가 사는 빌라의 맞은편에 살고 있었다. 나는 4층, 현주네 집은 3층. 모두가 빨리 잠이 드는 조용한 동네라, 새벽이 깊어질 때 불이 켜져 있는 곳은 현주와 내 방 단 둘뿐이었다. 처음에는 그곳에 누가 살고 있는지조차 몰랐다. 그럼에도 불구하고 나는 종종 생각했다. 아무도 없는 우주 안에, 반짝이고 있는 두 개의 섬만이 둥둥 떠다니고 있는 것 같다고.

본격적으로, 그 또 하나의 섬 안에 살고 있는 게 전학 후 종종 이름을 들어왔던 박현주라는 걸 알게 된 건 어느 날 새벽에 일어났던 사건 때문이었다. 봄이었음에도 습기가 가득하고 무척 후덥지근한 날이었다. 찢어질 듯한 비명과 함께 나는 잠이 깼다. 창밖을 내다봤을 때, 정면으로 현주의 방이 보였다. 그곳에서 현주는 아버지로 보이는 사람에게 머리채를 휘어 잡히고, 발길질로 옆구리를 얻어맞았다. 속에서 신물이 치밀어 올랐다. 눈앞에 보이는 건 나였다. 현주라는 인물을 빌린, 내 모습.

그날 이후 나는 자주 현주의 방을 내려다보곤 했다. 하지만 내 걱정과 달리 현주의 일상은 아버지의 매를 감내해 내는 것 외에도 매우 다양하게 흘러갔다. 내가 제일 좋아하는 현주의 모습은 책을 읽거나, 노래를 부르며 허공에 에어기타를 칠 때였다. 현주는 혼자일 때 가장 행복해 보였다. 자유로워 보였고, 생동감이 넘쳤다.

부상으로 수영을 그만두고, 아무도 나를 모르는 곳으로 전학을 간 후 그 무렵 나는 지독한 고립감을 느끼고 있는 중이었다. 현주가 장해율, 이라는 내 이름이 예쁘다고 말해 주기 전까지 난 내 이름을 버리고 싶었다. 다시 태어나고 싶은 순간의 연속이었다. 그렇게 아무것도 할 수 없다고 생각했던 흑백의 내 생활에 현주라는 색채가 더해졌다. 말을 걸어 보고 싶었지만, 용기가 나지 않는 나날이었다.

그런데 그러다가, 뜻하지 않은 곳에서 그녀와 마주친 것이다. 현주와 나에게는 공통점이 있었다. 죽이고 싶지만 절대로 버릴 수 없는 아버지를 가졌다는 것부터가 그랬고, 누구에게도 쉽게 내보이기 힘든 고독한 속내를 가졌다는 것이 그랬다.

— 해율아, 그거 알아? 나, 널 보면 꼭 거울을 보는 것 같아.

우린 급속도로 가까워졌고, 빠른 시일 내에 그 누구도 모르는 서로의 속살을 들여다봤다. 난 그것이 좋았고, 현주도…… 현주도 그랬을까?

동갑내기 친구인 현주에게는 남들이 모르는 비밀이 많았다. 그리고 나는 그 비밀들 대부분을 알고 있는 몇 안 되는 사람이었다. 한태우와의 사진 아르바이트 사건, 재진이 자식의 스토킹 사건, 준서와의 오해, 라명훈의 광기 어린 열등감. 현주는 그 모든 걸로 인해 긴 시간 고통받고 있었다.

— 내 인생인데, 왜 내 인생이 아닌 것 같지?

— 남이 정해 놓은 룰 속에서, 정해진 시나리오대로 움직이지 않으면 세상에서 제거될 것 같은 기분이야.

난 그때 현주가 하는 말의 의미를 정확히 이해하지 못했다. 어쩌면 한번도 현주가 겪어 봤던 일을 경험해 본 적이 없었기 때문일지도 모른다. 내가 할 수 있는 건 그저 그녀의 이야기를 들어주는 것뿐이었다. 그렇게밖에 할 수 없었던 내 자신이 초라하고 한심하게 느껴졌다. 현주가 마지막으로 덧붙였던 말들이 끊임없이 귓가에 맴도는 이유도 그 때문일 것이다.

— 넌 아마 모를 거야.

— 내가 되지 않는 한, 절대로.

그 무렵 현주는 세상에서 자유로워질 준비를 하고 있었다. 라명훈이 현주의 시험을 망쳐 놓았던 그때, 그와 비슷한 시기에 마치 드라마처럼 암 선고를 받았다. 열여덟 살에 겪은 시한부 선고. 그녀는 폐암이었다.

송준서는 아마 끝끝내 몰랐을 것이다. 태어날 때

부터 자신과 한몸이나 마찬가지였던 누나에게 무슨 일이 있었던 건지. 오로지 자신이 생각하고 싶은 대로만 받아들였을 테지.

현주는 어린 쌍둥이 동생을 혼자 두고 도망치지 않았다. 도움을 요청하러 옆집으로 달려갔지만 그곳에서도 어른의 도움을 받을 수가 없었다. 현주는 다시 집으로 돌아갔고 기절한 동생을 끌어안았다. 송준서가 폐에 이상 증세를 얻은 것처럼, 현주도 일평생 폐병을 앓았다. 송준서가 그것을 열여덟 살이 될 때까지 모르고 살았다는 사실이 기가 막힐 뿐이다. 대체 어떻게 살면 피를 나눈 누나에게 어떤 일이 있었는지 단 한 줌의 관심조차도 없을 수 있을까.

현주는 몸이 약해진 채 끝없는 아집과 분노를 토해 내는 동생 앞에서 자신의 상처를 철저히 감췄다. 현주는 그렇게 살았다. 하지만 현주의 배려를 받은 모든 이가 그것을 당연하게 여겼고, 현주에게 더 많은 것을 요구했다.

한태우가 그랬고, 라명훈이 그랬고, 강재진 또한 그랬다. 역겨운 인간들이었다. 자신이 원하는 것을 얻어 내기 위해 현주를 옭아매고 묶어 두고 깎아내리려

했다. 그리고 자신이 원하는 대로 해 주지 않으면 지체 없이 오물을 뒤집어씌웠다. 악마들이었다. 가장 끔찍한 건, 짧은 DM 하나가 두려워 이곳까지 단숨에 달려왔음에도 죽는 그 순간까지 끝끝내 자신의 죄를 모른 척 했다는 것이었다.

현주는 나에게 모든 계획을 밝혀 왔다. 자살할 것이라고 했다. 자신이 어차피 죽을 목숨이라는 걸 이용해 버러지 같은 인간들에게 두려움을 심어 주겠다고. 아무리 외면하려 한들 그들은 알 것이라고 했다. 박현주의 자살에 결국 자신이 일조했음을.

— 죽음만큼은 내 마음대로 할 거야.

현주는 마지막으로 내게 도움을 요청했다. 박현주 너를 내 손으로 죽여 버리겠노라, 그렇지 않으면 죽고 싶을 만큼의 고통으로 살게 해 주겠노라, 매 순간 시시때때 살기 어린 눈으로 바라보던 한태우를, 라명훈을, 강재진을, 송준서를 자신이 그랬던 것처럼 대신 고통받게 해 달라고.

그토록 자신을 끌어내리려 했던 라명훈의 얼굴을

최대한 잔인하게 깎아낸 채 땅속 깊숙이 묻어 버릴 것. 동의 없는 불법 조작물로 치유할 수 없는 생채기를 낸 한태우에게 영원히 잊지 못할 칼날을 새길 것. 평생 동안 자신에게 질척였던 강재진에게는 딱 달라붙어 떨어지지 않은 채 결국 인간을 지옥으로 보내고 마는 최악의 독을 선사할 것. 마지막으로 끝까지 자기중심적인 송준서에게는, 자신이 오판했던 믿음 그대로의 어린 시절 그 사건을 똑같이 돌려줄 것. 현주는 이 모든 것을 지휘했다.

평생 아끼며 모아 온 돈 전부를 이제는 폐가나 다름없는 양양의 주택을 일주일 간 임대하는 것에 기꺼이 지불했으며, 멍청이 같은 소년들을 겁 주고 벌하기 위해 그 공간을 이용해 트랩을 설치하는 것 또한 모조리 현주의 계획이었다.

결국 이 무대의 주인공은 박현주였다. 그녀가 살아 있든, 죽어 있든, 그것은 그 누구도 부정할 수 없는 사실이다. 이미 죽고 없는 와중에도 현주는 나의, 모두의 머리 꼭대기에서 자신의 그림을 완벽하게 완성시켰다. 그리고 나는 이제야 비로소 그녀의 감기지 못한 눈을 감겨 준다.

"너희가 현주를 죽였어."

이미 시체가 되어 버린 고깃덩어리들을 나는 똑바로 내려다본다.

— 전부 박현주가 자초한 일이야.

끝끝내 변명하던 그 역겨운 속삭임과 웅성임이 귓가에 맴돈다. 눈을 질끈 감으니 지독한 현실을 비웃기라도 하듯 그 안에서 계절처럼 웃고 있는 현주가 보였다.

"다신 태어나지 마, 이 악마 같은 새끼들아."

오래된 폐가를 나서며 나는 기름 먹인 성냥갑에 불을 붙인 채 거실 안으로 휙 그것을 던졌다. 그리고 유유히 그곳을 빠져나왔다.

멍청한 놈들.

"현주는 그냥 현주였어."

너희의 열등감과 원망의 대상자도, 액세서리도, 당연함도, 돈벌이도 아닌, 그냥 박현주.

펑!

곧이어 집 안에서 무언가가 터지는 소리가 났다.

곧 지옥불에 빠질 놈들을 뒤로한 채 나는 돌아섰다. 어차피 처음부터 이렇게 됐어야 했던 일이다. 이것만으로도 한없이 모자라지만.

내가 그곳에서 빠져나와 바다 쪽으로 걸어가고 있을 때 비로소 긴긴밤을 보냈던 그곳이 화르륵 타오르는 소리가 들린다. 활활, 모든 것이 불타오르고 있었다. 나는 철썩이는 파도 소리를 들으며 그 장면을 지켜보았다. 새빨갛던 것이 다시 까맣게 재가 되는 과정 전부를.

그리고 모든 것이 풀썩 내려앉은 그 순간에야 나도 비로소 제 빛을 찾은 바다 앞에 주저앉아 참아 왔던 눈물을 꺼이꺼이 흘렸다. 지독한 밤이 드디어 끝났다.

마음이 뭉개질 만큼, 현주가 보고 싶었다.

영원한, 여름의 끝

'연우식품' 라성철 회장의 차남 라명훈 군의 사체가 양양의 숲에서 발견된 이후, 양양의 한 폐가에서 시체 3구가 추가로 발견됐다는 뉴스가 대대적으로 이어졌다. 이들은 모두 열여덟, 동갑내기들로 밝혀졌으며 경찰은 두 케이스의 범인이 동일인임에 무게를 두고 수사를 진행 중이지만 아직 범인의 행방은 묘연한 것으로 알려졌다.

비슷한 시기, 방송국에는 테이프와 USB 하나가 도착했다. 한태우의 캠코더에 꽂혀 있던 '그날'의 일이 담긴 테이프와 현주가 남겼던 '증거'. 세간은 떠들썩해졌다. 중견 재벌의 아들이 속해 있는 또래 집단이 누군가에게 살해됐다는 것, 그리고 그들 또한 누군가의 죽음에 일조했다는 사실이 세상에 알려지며 단순히 피해자로 남을 뻔했던 라명훈, 한태우, 강재진, 송준서는 또 다른 심판대에 이름을 올렸다.

그리고 그로부터 얼마 후, 박현주의 계정에 하나의 새로운 글이 업데이트됐다.

이제야

완벽하게

안녕. 얘들아.

그것을 마지막으로 현주의 계정에서 어떠한 흔적도 찾아볼 수가 없었다.

그로부터 1년 후, 또다시 뜨거운 양양의 여름. 한 소년이 날씨에 어울리지 않게 후드를 푹 눌러쓴 채 한적한 해변가를 유유히 거닐었다. 장해율이었다. 그는 묵직한 비트가 흘러나오는 한 서핑샵 앞에 멈춰선 채 현금을 지불하고 보드 하나를 빌린다.

바다에 그것을 띄우니 퍽 매끄럽게 떠올랐다. 소년은 그것을 가만히 손바닥으로 쓸어 보다 그 위에 천천히 몸을 실었다.

잔잔한 파도가 평온하게 소년을 뭍에서부터 멀리로, 멀리로, 데려가기 시작한다. 마치 긴 잠을 자듯 소년은 그 위에 가만히 누워 태양을 물끄러미 바라본다. 눈이 멀 것만 같은 뜨거움이었다. 하지만 결코 피하지 않는다.

소년은 바다에 누워 하늘을 마주한 채 그렇게 더욱 멀리로, 멀리로, 향해 간다.

그날 이후 아무도 장해율을 본 사람은 없었다.

너에게

태풍이 지나간 후의 바다는 적막하다. 사람들은 모른다. 겉으로는 잔잔해 보이는 그 속에서 사실 얼마나 복잡한 소용돌이가 뒤엉켜 있었는지. 모든 것이 끝난 후, 난 태풍의 잔재 속에서 검푸른 허리케인에 휘말린 채 발버둥 치던 생명들의 아우성을 느낀다.

가끔 생각해 보았다. 내가 박현주가 아니었다면 어땠을까.

가난하거나, 똑똑하거나, 아름다웠거나, 차갑거나. 그중에 하나만이라도 가지고 있지 않았다면 어쩌면 나는 편안한 삶을 살 수 있었을까?

하지만 다시 생각해 본다.

가난하지만, 똑똑하고, 아름답지만, 차가웠던 게 진짜 나였을까? 그리고 이제는 안다. 가난하고, 똑똑하고, 아름답고, 차갑다는 것 또한 내가 나에게 붙인 설명서가 아니라는 걸. 그 모든 건 시선, 가십, 오해. 나를 재단하는 것들이 만들어 낸 꼬리표에 불과하다는 걸.

장해율에게 내 자살 계획을 알리며 한 번쯤은 묻고 싶었다.

해율아, 넌 나를 무엇이라고 생각하니.

하지만 묻지 못했다. 마지막까지 상처받고 싶지 않았기 때문에.

알고 있었다. 장해율 또한 어쩌면 다른 이들과 근본적으로는 크게 다르지 않다는 걸. 그럼에도 해율이는 이용가치가 있었다. 그 아이의 마음은 진심이었다. 난 그걸 알고 있었기 때문에 그를 선택했다. 내 마지막 무대를 대신 꾸며 줄 인물로. 미안하게도, 아주 조금밖에 미안한 마음은 들지 않았다. 누군가 진실을 알게 된다면, 난 또 아주 쉽게 나쁜 년이 되겠지. 아무렴, 이젠 전혀 상관없다.

궁금하다. 우린 우리가 무엇이라고 정의할 만큼, 서로가 서로를 어떤 사람이라고 판단할 만큼, 권리를 가진 존재들일까.

이제 모든 태풍이 끝나고 처음으로 찾아온 온전한 봄을 만끽한다. 멍청한 세상에서, 멍청한 사람들의 틈바구니에서 나는 참 많이도 고단한 시간을 보냈다. 열여덟. 원하던 대학의 입학증명서는 받지 못했지만 모든 걸 바쳤던 짧은 삶을 마감함으로써 그래, 나는 이제야 비로소 그렇게 찾아 헤매던 자유를 품에 안았다.

아무도 내게 잘 살았다, 한 번도 이야기해 주지 않았으니 내가 나에게 손을 뻗어 나를 토닥인다. 이것이야말로 진정한 내 인생의 하이라이트이자 클라이맥스.

현주야.

지독한 인생을 졸업한 걸

진심으로 축하해.

사랑한다.

작가의 말

그래서 현주는 결국 행복해졌을까요? 마지막 문장에 마침표를 찍는 그 순간까지 저 또한 궁금했습니다. 그리고 이제는 감히, 현주를 대신해 그 질문에 대한 답을 하려 합니다. 영원한 열여덟, 하고 싶은 것도 되고 싶은 것도 많았던 박현주는 지금 아주 많이 행복합니다. 아무도 읽어 주려 하지 않았던 자신의 생을 함께 되짚어 준 독자분들이 있어 주셔서 아마 더욱 그러할 것입니다.

짧지 않은 시간 작품을 만들어 왔지만, 출간 소설은 처음입니다.

그래서인지 집필 기간 동안 함께 고생해주신 안전가옥 관계자분들이 가장 먼저 생각납니다. 애정을 가지고 있던 출판사에서 저의 첫 번째 책이 출간된다는 것이 참 기쁘고 영광스럽습니다. 특히 매번 큰 힘이 돼 주신 든든한 고혜원 PD님, 가채원 PD님, 정성의 손길을 보태 주신 퍼블리싱 팀께 뜨거운 박수로 고마움을 전합니다. 조언을 아끼지 않으셨던 서미애 작가님, 홍석인 작가님, 김선민 작가님께도 존경의 마음을 담아 감사의 말씀을 드리고 싶습니다.

제 이름 '정다이'는 세상과 정다이 지내길 바라는 마음에 어머니께서 직접 지어 주신 것입니다. 스릴러를 쓰기에는 너무 다정한 게 아닌가 싶지만 온화해 보이는 이름을 가진 파괴적 작가로 성장해가는 것 또한 꽤 재미있는 일이 아닐까요? 영원한 그리움과 사랑, 그리고 따뜻한 이름을 내게 남겨주신 나의 어머니, 김혜은 선생님께도 언제나 그랬듯 가장 가슴 벅찬 인사를 남깁니다. 모든 것에, 진심으로 고맙습니다.

이제 이 원고는 제 손을 떠나 독자 여러분을 만날

일만을 기다리고 있습니다. 화두를 던지는 것은 작가이지만 결국 그 이야기를 완성시켜 주시는 것은 독자분들의 몫이라고 생각합니다. 어떻게 읽으셨을지, 어떤 생각을 하셨는지 매우 궁금합니다. 훗날 언젠가 양양 서퍼비치에서 피자 한 조각씩 나눠 먹으며 담소 나눌 날이 올까요? 그때까지 모쪼록 괜찮은 날들이기를 기원합니다.

저는 장르문학을 좋아합니다. 그 안에서 제 이름이 희미해지기 전에, 너무 늦지 않게 또 뵙고 싶습니다. 건강하세요. 감사합니다.

정다이 올림

프로듀서의 말

한국콘텐츠진흥원과 안전가옥의 '2022 신진 스토리 작가 육성 지원 사업'을 통해 발굴된 신진 작가님들의 작품들이 안전가옥의 새로운 라인업 '노크'의 포문을 엽니다. 2022년 5월부터 3개월간, 단독으로 소설 단행본을 출간한 적이 없는 창작자들을 대상으로 모집했고, 제출하신 원고에 대한 심사와 면접 심사 등을 거쳐 여덟 명의 신진 작가님들을 선정하여 함께 프로젝트를 진행했습니다.

2022년 10월, 스릴러의 대가 서미애 작가님의 특강을 시작으로, 안전가옥 스토리 PD들과 일대일 멘토링이 진행되었습니다. 월 1회 현직 작가님들의 스릴러

작법 특강을 비롯하여 개별 작품 맞춤 피드백까지, 짧은 시간이지만 압축적으로 신진 작가님들의 원고를 갈고닦았습니다.

이번 프로젝트의 핵심 키워드는 '스릴러'로, 이 장르의 특징은 나의 평범했던 일상을 위협하는, 그래서 나의 삶이 변화할 수밖에 없는 지점을 긴장감 있게 다루는 것입니다. 이를 중심으로 다양한 장르와의 결합을 통해, 범죄 스릴러, SF 스릴러, 판타지 스릴러, 하이틴 스릴러 등 작품마다 차별점을 두었습니다.

이 중《콩그래츄 그래듀에이션》은 하이틴 데스게임 스릴러입니다. 폐서핑샵에 갇힌 네 명의 소년들은 생명의 위협을 받게 돼서야 자신의 과오와 직면하게 되는데요. 서핑샵이라는 무대 위에 오른 네 명의 소년들의 불완전한 고백이 독자분들에게 불편한 감정을 불러일으켰다면, 독자분들이 숨겨진 주인공 현주를 이해하실 수 있게 되었으리라 생각합니다.

누가 뭐래도 이 이야기의 주인공은 현주입니다. 이 소설 속에서 늘 누군가에게 불리기만 하는 그 이름을 가진 한 소녀가 이 이야기의 기획자이기 때문입니다. 현주는 늘 제3자에 의해 정의되어 온 소녀입니다.

사실 모두 그들이 원하는 방식으로 현주를 생각하고 있었죠. 심지어 해율이까지 말이에요. 그 누구도 현주에게 어떤 사람이냐고 묻지 않았고, 궁금해하지 않았습니다. 그런 현주의 마지막 계획은 자신을 정의했던 시선들을 모두 파괴하는 것에 있었습니다. 한 소녀가 자신을 가두어 버린 프레임을 깨부수고 진정한 졸업을 향해 달려가는 이야기의 여정 끝이 결국 쓸쓸한 바다인 것에는 씁쓸함이 남습니다.

현주의 졸업식에 참석해 주신 독자분들께 감사드리며, 현주가 또 다른 세상에서는 완벽한 졸업을 할 수 있길 바랍니다. 더불어, 네 명의 소년과 한 명의 소녀의 균형을 맞추기 위해 성실히 노력해 주신 정다이 작가님의 새로운 작품을 응원합니다.

안전가옥 스토리 PD

고혜원 드림

노크 | 02

콩그래츄 그래듀에이션

1판 1쇄 발행 2023년 3월 28일

지은이 정다이

기획 안전가옥
콘텐츠 총괄 이지향
프로듀서 고혜원
김보희, 신지민, 윤성훈, 이수인
이은진, 임미나, 조우리, 황찬주
퍼블리싱 박혜신, 임수빈
편집 양은경
디자인 박연미
서비스 디자인 김보영
비즈니스 이기훈
경영지원 홍연화

펴낸이 김홍익
펴낸곳 안전가옥
출판등록 제2018-000005호
주소 04779 서울특별시 성동구 뚝섬로1나길 5,
헤이그라운드 성수 시작점 201호
대표전화 (02) 461-0601
전자우편 marketing@safehouse.kr
홈페이지 safehouse.kr

ISBN 979-11-91193-96-1 (03810)

이 책은 한국콘텐츠진흥원 2022 신진 스토리 작가 육성 지원사업에 선정되어 발간되었습니다.